庫

芝浜の天女

高座のホームズ

愛川　晶

中央公論新社

目次

芝浜の天女

高座のホームズ

プロローグ

みなとみらい線を元町《もとまち》・中華街駅で降り、一番出口から地上に出る。

右手には山下《やました》公園、その向こうには海。明後日から三月だが、暖冬に加え、天気は快晴。吹いてくる風の心地好さはすでに春だ。

いったんはそちらに足が向きかけたが、予約を取ってあるから遅れるのはまずいと思い直し、反対方向へと歩き出す。

すると、交差点のすぐ先に朝陽門《ちょうようもん》。これは中華街の東の端を示し、古来中国でこの方角の守護神とされる青龍《せいりゅう》が描かれていた。

青信号だったので、横断して門を潜《くぐ》り、三叉路《さんさろ》の真ん中の中華街大通りを進む。

すぐに気づいたのは人の少なさだった。平日だが、ちょうど昼休みの時間帯だし、年間二千万人が訪れる大観光地なので、普段であれば相当な賑わいのはず。しかし、今日は人通りがまばらだ。

よく見ると、ところどころシャッターを下ろしたり、ガラス戸に『営業を自粛しています』『三月十五日まで休業いたします』などと貼り紙のされた店があった。事前に予想はしていたが、新型ウイルス流行の影響はやはり甚大のようだ。

往来で立ち食い用の点心を売る店も少ないし、「いらっしゃい。お席空いてますよ」という中国語なまりの呼び込みの声にも何か元気がなかった。

中華街大通りの途中、道幅が狭くなる前に右へ折れ、そこから小道に分け入っていく。そして、狭い路地が突きあたる少し手前、中華食材屋の右隣が目指す場所だった。

四階建てのビルの二階部分に金で縁取りされた巨大な赤い布が吊られ、白抜きで『占』の文字。門一つ見てもわかる通り、中華街は風水の思想により構築されている。そのため、占いを生業《なりわい》とする者も多く住み着き、一説によると、狭いエリアの中に百以上の店舗がひしめいているという。

「……どうやら、ここで間違いなさそうだな」

そうつぶやいた人物は男性で、年の頃は四十代半ば。グレーのスーツに白ワイシャツ、紺に白いピンドットのネクタイ。右手に黒い革のブリーフケースを提げている。明らかにビジネスマン風で、観光客には見えなかった。水色のマスクを着けている。

一階はタピオカドリンクや胡麻団子を商う店で、右脇にエレベーター。手前に案内板が設置されていた。

一番上に『占い師の住処《すみか》　受付は二階です』。その下が八つに仕切られ、それぞれに占い師の専門領域と名前が記されていたが、客足が遠のいているためか、今日出勤しているのは三人だけ。『九星気学・四柱推命《しちゅうすいめい》　王風水』『イーチンタロット　レンファ』『スピリチュアルリーディング　ソイル』と、どれもあやしげで、しかも、最初の二人は写真が添えられていたので性別が女性とわかるが、最後の一人はまったく正体不明だった。

　エレベーターは、もし地震でも来たらと心配になるほど古かった。二階に上がり、手持ちぶさたそうにしていた受付の女性に「午後一時からソイル先生を予約した安川《やすかわ》と申します」と告げ、三十分コースの料金を支払う。次の依頼者が来ない限り、延長は自由で、料金も割引になるそうだ。

「感染予防のため、占い師は全員マスクを着けたままで応対させていただきますので、ご了承ください」と言われたが、当然の措置なので、黙ってうなずく。

　指示に従って廊下を進む。左側に占い師たちの専用ルームのドアが並んでいたが、どれも間口は一間《いっけん》。元々あったスペースを細長く間仕切りして作ったらしい。

　目指す部屋は手前から四番め。入口には案内板と同じプレートが掲げられていた。

　軽く二回ノックすると、中から「どうぞ」という返事。男性の声のようだったが、くぐもっていて、はっきりそうとも言いきれない。

「失礼します……ん？　これは……」

　入りかけて、思わず足が止まったのは、室内の異様な雰囲気に呑まれたせいだが、別にこけおどしの装飾品が置かれているわけではない。

ウナギの寝床のような空間の奥に机と椅子があり、その後ろに小さな戸棚。ほかには何一つないのだが、床から壁、天井まで、すべて群青《ぐんじょう》色のペンキが塗られ、一瞬、深い海の底に落ち込んでしまったような錯覚に陥った。

「どうぞ。こちらへおいでください」

最初、室内は無人に見えたが、目を凝らすと、奥の机の向こう側に人影があった。

全身をすっぽり包む群青色の服と、人形浄瑠璃の黒子《くろこ》などが着ける同色の竹田頭巾《たけだずきん》。露出しているのは眼だけだから、その存在がすぐには認識できなかったのだ。くぐもった声も頭巾のせいらしいが、まあ、これも『マスク』には違いない。

「この色は相談者様の心を静めるためですから、お気になさらず。すぐに慣れます」

「……そう、ですか。わかりました」

まさか引き返すわけにはいかないので、ドアを閉めて進み、木製の椅子に腰を下ろす。

「はじめまして。ソイルです。本日はどのようなご相談ですか？」

「え、ええ。あの、どうかよろしくお願いいたします」

挨拶しながら相手を観察してみたが、顔がわからないし、だぶだぶの服を着て座った状態では体形もつかみにくい。声の感じではおそらく男性だが、若いのか年寄りか、そのあたりはまるで見当がつかなかった。

「いやあ、中華街も本当に人が少ないですね。話には聞いていましたが、ちょっとびっくりしました」

さすがに、すぐ本題には入れず、ほんの少しだけ世間話をする。

「そうでしょうね。二月の売り上げは好調な店で例年の半分、ひどいところでは三分の一以下だそうですから」

応対は如才なかったが、口調にまったく抑揚というものがなかった。

「本当に困ったものです。一日も早く収束してもらわないと……ええ、では早速ですが、これをご覧ください」

ブリーフケースの中のクリアファイルからメモ用紙を取り出し、相手に渡す。そこには、黒いインクでこう書かれていた。『三光亭鏡治　昭和十六年生まれ』。

「サンコウテイ、キョウジ……と読むのでしょうね。何をされている方ですか」

「落語家です。ご存じありませんか？　本名は高原《たかはら》久市《きゅういち》さんとおっしゃいます」

占い師は返事をせず、肯定か否定かを身振りで示すこともなかった。しばらく待ってみたが、反応は変わらない。

「まあ、一時期はかなり売れていましたが、高座一筋というか、テレビは演芸番組以外出演しなかったので、世間的な知名度はそれほど高くありません。しかも、ここ十年ほど、落語家としての活動をしていませんし、実は現在の消息がわからなくなっているんですよ」

「……申し訳ありませんが、失せ物《うせもの》捜しや尋ね人は専門外です。スピリチュアルリーディングは対象となる人物の肉体から発するエネルギーにより、さまざまな情報を読み取りますから、あなたご自身についてしか占うことができません」

そして、メモ用紙を相談者に押し返すと、

「それに、ここに昭和十六年生まれと書いてあります。西暦では一九四一年ですから、今ご健在だとして、七十八か七十九。しばらく高座に上がっていないのも、高齢のためと考えれば、別段不思議ではありませんね」

「はい。ただ……正直に申し上げますが、今日こちらに伺ったのは、占いの相談が目的ではありません」

そう明かすと、占い師に初めて人間らしい反応が生じた。軽く眼を見張り、ぐっと顎《あご》を上げたのだ。

「単刀直入に伺います。今はこういうお仕事をされていますが……あなたが三光亭鏡治師匠ではないのですか？」

第一話　白兵衛と黒兵衛

1

飯田橋《いいだばし》駅の西口を出て、牛込橋《うしごめ》から外堀《そとぼり》通りへ。横断歩道を渡れば、そこが神楽坂《かぐらざか》通りの起点だ。

容赦なく照りつける夏の陽射《ひざ》しに顔をしかめながら坂を上っていくと、やがて朱塗りの柱と黒い大屋根を載せた建物が見えてくる。開運や厄除けのご利益《りやく》で知られる鎮護山善國《ちんござんぜんこく》寺《じ》は、通称『神楽坂の毘沙門《びしゃもん》様』と呼ばれ、近隣住民に親しまれていた。

そのお寺の手前を左へ入ると、ゆるやかに右カーブを描く小道の先に林立する幟《のぼり》。それが落語と色物《いろもの》の定席《じょうせき》・神楽坂倶楽部の目印だ。『定席』とは一年三百六十五日演芸が上演されている寄席のことで、以前は一町内に一軒ずつあったそうだが、次第に数が減り、現在残っているのはここと上野鈴本《うえのすずもと》演芸場、新宿《しんじゅく》末廣《すえひろ》亭、神田《かんだ》紅梅《こうばい》亭、浅草《あさくさ》演芸ホール、そして、池袋演芸場の六カ所のみ。中でも、神楽坂倶楽部は創業が大正五年という老舗《しにせ》だ。

現在の建物になったのは今から十年ほど前。三階建てのビルの側面に見せかけの瓦《かわら》屋根を二段に取りつけ、日本家屋の雰囲気を出している。一階部分の飾り屋根の軒先《のきさき》には、オーナーである岸本《きしもと》家の家紋・立《た》ち沢瀉《おもだか》の入った丸い提灯《ちょうちん》がずらりと吊るされていた。

ここは楽屋口がないので、出演者も木戸口から中に入る。紺色の法被《はっぴ》を着た『表方《おもてかた》』と呼ばれる男性従業員の「ご苦労様です！」という声に迎えられ、三光亭鏡治は玄関ホールから右手へ延びる通路を歩き出した。

そして、すぐ立ち止まる。微《かす》かなざわめきとともに、高座の声が聞こえてきたのだ。

「昔は大名屋敷や旗本屋敷に火事がございますと、町火消しは手出しができません。定《じょう》火消《びけ》しというものが火がかりをする。ここの人足を俗に臥煙《がえん》と申しまして、風体《ふうてい》の悪いやつが揃っていた」

歯切れのいい江戸言葉だが、口調はゆったりしていた。

「刺子《さしっこ》なんざ着ませんで、自慢なのは倶利伽羅紋紋《くりからもんもん》、体中べた彫りの刺青《ほりもの》。頭巾も被《かぶ》らずにそのまんまで火の中へ飛び込んでいく、本当の命知らずです」

（……『火事息子』だ。へえ。主任《トリ》でもねえのに、珍しいなあ）

まだ本題に入る前の、いわゆるマクラの段階だが、十七年も噺家《はなしか》をやっていれば、ちょっと聞いただけで、どの演目かはすぐにわかる。

中入り休憩前の中主任《ナカトリ》の出番に上がっているのは八代目林家正蔵《はやしやしょうぞう》師匠、御年《おんとし》八十四歳。人情噺や怪談噺を得意とする昭和の名人の一人で、書き割りや三味線《しゃみせん》、太鼓などの鳴り物を使った道具入り芝居噺の唯一の継承者でもある。もちネタの数も多いが、とりわけ『火事息子』は十八番《おはこ》の中の十八番だ。

「昔はよく火事がございまして、どうかすると、本職の火消しよりも野次馬《やじんま》の方が先に現場へ駆けつけてくる。なぜかってえと、そういった連中《れんぢゅう》は夜、刺子を着て、草鞋《わらじ》を履《は》いて、枕元に提灯を置いたまま寝るんだそうです。半鐘《はんしょう》がジャーンとぶつかりますと、『あらよっ』てんで、そのまんま起き上がるから、こりゃあ、早いわけです。『あらよっ。ほら、じゃまだ、じゃまだぁ！』って……手前《てめえ》の方がよっぽど、じゃまなんですから」

ここで、どっと笑いが起きる。平日の昼だが、お客の入りは悪くないらしい。

ここから、見物している野次馬の台詞《せりふ》になり、いかにもうれしそうな声音《こわね》で、

「『どうだい。今年の火事は燃えるねえ。ますます火の勢いが盛んになって……あすこに、蔵があるね。あの蔵で焼け止まりだよ。だから、金持ちとはつき合いたくねえってんだ。えっ、止まらねえ？　本当ですか。おう。屋根から黄色い煙《けぶ》が出てきやがった。ガラガラッと崩れた。へへへへ。どうもお世話様で……』」

さっきよりさらに大きな笑い声。他人の不幸を喜ぶというより、純粋に火事に心を躍らせる江戸っ子の無邪気さがよく表現され、苦笑せざるを得ないのだろう。

（やっぱりいいなあ、稲荷町《いなりちょう》の『火事息子』は。こいつを聞いちまうと、ちょっとほかを聞く気にならねえもの）

人情噺の中でも大物の一つであり、ほかに演《や》り手《て》は多い。もちろん好みはあるものの、当代では正蔵師匠の口演が最も高く評価されていた。

ちなみに、自宅のある地名で呼ばれるのは大看板《おおかんばん》である証しで、五代目柳家小《やなぎやこ》さん師匠が『目白《めじろ》』、六代目三遊亭圓生《さんゆうていえんしょう》師匠が『柏木《かしわぎ》』、そして、正蔵師匠は『稲荷町』だ。

(『火事息子』かあ。前々から憧れていた一席だし、俺もせっかく真を打ったんだから、演ってみてえとは思うが、俺はせいぜい盆暮れの挨拶に稲荷町の長屋へ伺う程度だ。稽古をお願いするのは恐れ多い。まさか、うちの師匠に頼むわけにもいかねえし……うーん。困ったもんだなあ)

師匠である七代目《しち》三光亭鏡楽《きょうらく》の顔が一瞬頭に浮かんだが、鏡治は首を振って、それを払い除け、また歩き出す。

今日は八月二日、木曜日。楽屋符牒で『芝居』と呼ばれる寄席の興行は、毎月一日から十日までが上席《かみせき》、十一日から二十日までが中席《なかせき》、二十一日から三十日までが下席《しもせき》。神楽坂倶楽部八月上席昼の部は当代一の人気落語家である浅草亭東橋《せんそうていとうきょう》師匠が主任《トリ》で、今日はその二日めだ。

十日ほど前に今年の梅雨が明け、都内は連日、猛暑が続いていた。

2

三光亭鏡治は三十八歳。東京の落語界には前座、二つ目、真打ちという三つの階級があるが、二十一歳でこの世界に入った彼は長い修業時代を経て、三年前の九月にようやく真打ちの看板を上げることができた。現在の名跡は三代目となる。

もちろん個人差はあるものの、入門して十年から十二年後の昇進が最も多く、十四年もかかった例は珍しい。出世が遅れた最大の理由は二つ目時代の一年半近いブランクだが、もとを正せば、それも自分の芸が劣っていたせい。ただし、その事実が自覚できるようになったのはごく最近、比較的順調に仕事が入り始めてからだ。

身長百五十九センチ、体重七十キロ。前座時代はやせていたのだが、雑用から解放されたとたん、太り始め、今では立派な肥満体だ。

丸顔で肌の色が浅黒く、どんぐり眼《まなこ》。左右からせり出した頰に圧迫され、目鼻が顔の中央に陥没している。そんな風貌から、楽屋の先輩につけられたあだ名が『タヌキ』。どう贔屓目《ひいきめ》に見ても、男っぷりはよくない。加えて、近頃、頭髪もだいぶ寂しくなってきた。

現在の三光亭一門は師匠を含めて三人。鏡治の下に二つ目の鏡也《きようや》がいる。年は二十四で、去年の秋に昇進したばかりだ。

「あっ、どうも、ご苦労様です」

楽屋に顔を出すと、立前座の鶴《つる》の家琴太《やきんた》がほっとした表情で彼を迎えた。

「何でえ、ほっとしたような顔をして。お前《めえ》、俺がダンマリで抜くとでも思ってたんじゃねえだろうな」

『抜く』は休席を意味する符牒。『ダンマリで抜く』で『無断欠勤』となる。

「いえいえ、そんな。滅相《めっそう》もございません。ほかならぬ鏡治師匠のことでございますし、間《あいだ》に中入りも挟まりますから、あたくしは大船《おおぶね》に乗った気持ちでおりました」

琴太は二十五歳。国立大学の教育学部で国語の教師を目指していたが、江戸の戯作《げさく》文学に触れたことから落語にハマり、三年の時に中退して、鶴の家琴朝《きんちょう》師匠に入門した。

『立前座』は数名いる前座のうち、最も古株で、主に進行を担当する。この芝居、鏡治の出番は中入り休憩直後の、いわゆる『食いつき』なので、あまり楽屋入りが遅いと、心配をかけることになる。

神楽坂倶楽部の楽屋は二間続きで、通路から見て手前の十畳が噺家用、奥の六畳が色物の芸人用。広い方の楽屋の窓際に座卓があったが、その周囲に腰を下ろせるのは協会の正副会長と幹部のみ。まだ木端《こっぱ》真打ちの鏡治は近寄ることさえできなかった。

茶色い革靴を脱いで畳に上がると、一番若い前座の東《とん》かつが駆け寄ってきて、靴を下足入れにしまう。東かつは浅草亭東橋師匠の弟子で、入門二年めの二十歳。前座時代の芸名

くなかった。

は、とりあえず周囲の人たちに名前を覚えてもらうことが肝心なので、珍妙なものも少なかれることがその語源だ。

メインとなる楽屋を横切り、色物の楽屋に足を踏み入れる。寄席で言う『色物』とは漫才、奇術、紙切り、音曲《おんぎょく》、太神楽《だいかぐら》など、落語以外の演目を指し、表の看板に赤い字で書かれることがその語源だ。

部屋の隅にテレビのモニターが置かれ、高座の様子が映し出されていた。その前にあぐらをかき、普段は絞っている音量を上げると、

「神田三河町《みかわちょう》の、表蔵《おもてぐら》がありまする立派な質屋さん。町内に出火があって、大したことはなさそうだが、火の粉がどんどん被ってくる。

四つ角に立った野次馬が『伊勢屋《いせや》の店《うち》じゃあ、目塗りがしてねえぞ』と言ったのが、ひょいと主《あるじ》の耳に入ります」

火事に関する小噺をいくつか振ったあとで、いよいよ本題に入った。『目塗り』とは、火災が発生した際、蔵の扉や窓の隙間《すきま》に練り土を塗り込むこと。そのために、大店《おおだな》では出入りの職人が常に用心土《ようじんつち》をかき回し、固まらないよう心を配っていた。

「『番頭さん、困ったねえ。左官《しゃかん》が来るのが遅いんだ。腐った半纏《はんてん》の一枚も出しとくのは、こういう時のためじゃあないか。

他人様《ひとさま》のお品を預かってるんだから、せめて二階の窓だけでも目塗りをしとかなくちゃ

いけない。お前《まい》、その梯子《はしご》をかけて、上がっとくれ。おい、小僧や。土をこねなさいよ』

『かしこまりました。ええ、旦那、こんなもんで……』

『もっと大きくしな』

『へい。これくらい……』

『もっと大きく』

『あのう、これより大きいってえと、お値段が違います』

『炭団《たどん》じゃねえや。まったく』」

　ふと気づくと、琴太がすぐ後ろに立っていた。

「今日の昼の部はいろいろと手違いがございまして、正蔵師匠にはご迷惑をおかけしてしまいました」

「ご迷惑？　ははあ、なるほど。それで読めた」

　柱時計を見上げると、時刻は午後二時三十五分。普段であれば、まだナカトリは楽屋で待機している時刻だ。

「早い話、高座に穴が開きそうになったんだな。じゃあ、お前、『師匠、今日は長めにお願いします』とでも言ったのかい」

「ま、まさか……そんなこと、言えるはずがありません」

　琴太が恐怖の表情を浮かべ、首を横に振る。

「師匠だって、ご存じのはずじゃありませんか。稲荷町には、それが一番の禁句だって。そのせいで、シクジった先輩が何人もいるんですから」

『シクジる』は『機嫌を損ねる』。近年はだいぶ角が取れたという評判だが、正蔵師匠のあだ名は『トンガリ』で、些細《ささい》なことでもすぐに怒り出す。この場合、アクセントは『トンガリ』ではなく、『トンガリ』だ。

後輩のそんな反応を見て、鏡治は苦笑した。立前座の立場としてはつい念を押したくなるのが人情だが、この師匠に限っては口出し無用。どんな出番であろうが、黙ってネタ帳を差し出せば、その場の状況に応じて最適な噺を選び、きちんと時間調節をしてくれる。何かよけいなことを言うから、『手前《てめえ》っちなんかに、言われなくてもわかってる！』などと一喝されてしまうのだ。

ちなみに、『ネタ帳』は細長い紙の片側を綴じた帳面で、日々の出演者と演目がすべて記録されている。

東かつが盆に載せた麦茶を運んできた。コップを受け取り、とりあえず喉《のど》を潤してから、

「まあ、正蔵師匠の『火事息子』がナカトリで聞ければ、お客は大喜びだろうけど……」

畳の上にコップを置きながら、鏡治がふと言い淀む。

「あの、師匠、どうかなさいましたか」

「いや、別にどうってことはねえ。ちょいと思い出しただけさ。実はこの噺は一時《いっとき》、うち

の師匠の十八番でもあったんだ。しかも、稲荷町の直伝《じきでん》でな」

「鏡楽師匠の、十八番？　へえ。それは存じませんでした。あたくしは伺ったことがありませんが……」

「そりゃ、そうだろうよ。弟子の俺だって、もう長えこと、聞いてねえんだから」

最前の琴太のため息が、鏡治にも伝染してくる。

「まあ、師匠の十八番ではあるんだが……たぶん、もう十五年、ただの一度も演っちゃいねえはずさ」

3

四角い画面の中で、稲荷町の師匠が極めつきの人情噺を語り進めていく。

伊勢屋の一人息子・徳三郎《とくさぶろう》は幼い頃から火事が好きで、本人は町火消しの鳶《とび》の者になりたがったが、親が猛反対し、結局は臥煙となって、親からも勘当されてしまう。

それから六年経《た》ったある日、近所から火の手が上がり、質草《しちぐさ》を燃やさないために四苦八苦しているところへ、屋根伝いに駆けてきた男が番頭を手助けしてくれ、無事に目塗りを済ませることができた。

やっと鎮火し、主がお礼をしようとした時、番頭がその人物の正体を明かす。

「『へえ。あれが、徳かい。変われば変わるもんだねえ。だったら、向こうで会いたいと言っても、あたしの方で会えない。勘当したせがれに会っちゃ、世間様に申し訳がないよ』

『ええ、ご勘当になりました若旦那にお会いになっては、世間体《せけんてい》もございましょうが、火事の見舞いに来た赤の他人の手伝い人ならば、一言お礼をおっしゃっても、別段差し支えはないと、あたくしは思います』

『……あ、ありがとう。よく言っておくれだね。会いましょう。どこにいる？』」

稲荷町のこの噺で、鏡治が最も好きなのがここだった。息子への愛情はあるものの、世間をはばかり、再会をためらう主をやさしく諭《さと》す苦労人の番頭。自分も、もう少し年を重ねたら、ぜひ高座で演じてみたい場面だ。

「十五年も高座にかけない、十八番……何とも不思議な話でございますねえ」

すでに前座では古株になった琴太だが、事情を知らないらしく、さかんに首をひねる。

「失礼ながら、それほど長い間、お演りにならないと、十八番とは呼べないような気もいたしますが……」

「いや、『火事息子』がうちの師匠の十八番で間違いねえんだ。何しろ、今を去ること二十と一年前、この噺で、放送演芸賞をもらってるんだからな」

「ええっ？　鏡楽師匠が放送演芸賞……それは、存じませんでした。不勉強で、まことに面目《めんもく》次第もございません」

たぶん、大げさに驚きすぎたと反省したのだろう。琴太は恐縮しきった様子で頭を下げるが、まあ、無理もなかった。『放送演芸賞』は在京ラジオ局が主催する権威ある賞で、『落語』『漫才』『その他の分野』に分かれているが、歴代の受賞者には現在の大看板や売れっ子芸人がずらりと顔を揃えている。

（そんな中にうちの師匠も交じっていたなんて、今の前座連中には想像もつかねえだろうな）

彼の師匠である三光亭鏡楽は七十二歳だが、もう三年近く、寄席には出演していない。というより、最後の仕事らしい仕事が三年前の九月上席から十月下席まで続いた鏡治の真打ち披露興行で、それ以降はたぶん一度も高座に上がっていないはずだ。

（皮肉な話だよなあ。若い頃から順調に階段を上がり、五十代になって迎えた絶頂期を象徴する一席が『火事息子』なのに、それから六年後、まるで噺の筋をなぞるような事件が起きちまうなんて……今思えば、あれがけちのつき始めだった）

感傷に浸りながら、ふと顔を上げると、モニターの中では『火事息子』がいよいよ大詰めを迎えていた。親子の久々の対面。最初、主は他人同士を装って挨拶していたが、体いっぱいの彫り物を見て、頭に血が昇り、息子に厳しい言葉を投げかける。

そして、小言に一区切りがつくと、

「『……いや、礼は礼で言いますよ。ついでだから、おっ母《か》さんにも会っておいで。おうい、おばあさん、ちょいと用事があるから、こっちへ……何してるんだい。えっ、猫が見《め》えなくなった？　猫なんざ、どうだっていい』

『そうはまいりません。猫を焼き殺すと七代祟《たた》ると申しますから』

『それどころじゃないんだ。お前に会わせたい人がある。せがれが来たよ』

『えっ？　徳が来ましたか。まあ、ありがたいことですね。どこにいます？』

『そこに座ってらぁ』

『まあ、お前、わずかなうちに苦労したんだねえ。髪の中に白髪《しらが》が交じって……』

『ありゃ、番頭だよ』

『あら、嫌だ。番頭さん、どいててくださいな』」

ほろりとさせたあとで、一転、場内は大きな笑いに包まれる。このあたりの呼吸が無類だった。

息子の無事な姿を見た母親はほっとして、寒空に法被《はっぴ》一枚ではかわいそうだからと言って、着物をやろうとするが、主が反対する。しかし、そのすぐあとで、『勘当したせがれに着物はやれないが、小遣いでも何でもつけて捨てれば、拾っていくだろう』。それを聞いた母親は大喜びし、箪笥《たんす》ごと捨てようとして、止められる。

いよいよサゲ。いわゆる『オチ』だが、楽屋では『サゲ』と言う方が一般的だ。

「『この子は色が白いから、黒が似合います。いつぞや、お前《まい》さんの代わりに年始回りに行った時、すれ違った人が〈どこの役者衆だろう〉なんてほめたそうですよ。黒羽二重《くろはぶたえ》の紋付きに仙台平《せんだいひら》の袴《はかま》をはかせて、雪駄《せった》履きで、脇差しを差させて、小僧を一人供につけてやりましょうよ』

『何をばかなことを言ってるんだい。勘当したこんなやくざなせがれに、そんな服装《なり》をさせて……一体、どこにやるつもりなんだ？』

『だって、おじいさん、火事のおかげで会えましたから、火元へ礼にやりましょう』」

大きな拍手とともに、高座下手《しもて》にある太鼓部屋から「おなかーいーりー」という前座の声。緞帳《どんちょう》を下ろしての中入り休憩だが、プログラムには縁起を担ぎ、『お仲入り』と記載されている。

ややあってから、稲荷町の師匠が楽屋へ戻ってきた。七年前、左眼の白内障の手術を受け、失明寸前まで低下していた視力が回復したが、それ以降も分厚い眼鏡をかけている。

夏なので、絽《ろ》の黒紋付き。『絽』は普通の糸とよじった糸を交互に横糸に遣っているため、通気性に優れている。

「師匠、お疲れさまでございます」

「お疲れさまでございます」

前座二人が駆け寄り、声をかける。東かつはすでに着替え用の服を手にしていた。

鏡治も立ち上がり、歩み寄ると、畳に正座をして、

「どうも、師匠、お疲れさまでございます。それに、大変ご無沙汰をしてしまいまして、まことに申し訳ございません」

芝居初日となる昨日は楽屋に来客があり、挨拶することができなかった。

「鏡治さんか。いや、ご無沙汰はお互い様だけど……それよりも、鏡楽さんは元気かい」

帯を解きながら、師匠が言った。

「仕事をしてるという噂《うわさ》がさっぱり聞こえてこないから、患ってでもいるんじゃないかと案じてたんだがね」

鏡楽師匠は一時、足しげく稲荷町の長屋へ稽古に通っていた。だからこそ、心配してくれているのだ。

「それが、そのう、どうも仕事をする気力が湧いてこないようでして」

「そりゃあ、よくないねえ。あたしに比べりゃ、まだ若いのに。相変わらず、飲んでるのかい」

「ええ、まあ。好きなものは、なかなかやめられないようでして」

鏡楽師匠が高座に上がれなくなった直接の原因は酒だった。それについては同情すべき事情もあるのだが、不幸に見舞われた人間が全員酒に溺れるわけでもない。冷たい言い方をすれば、自分の弱さに負けてしまったのだ。

「酒はなるべく控えてもらうとして、そのほかに何か、困り事でもあるのかな」

「え……い、いえ、それは、別に……」

鏡治は返事に窮した。実は三週間ほど前から、三光亭一門に大きな問題が発生していた。その一件は稲荷町の師匠にも関わりがあるのだが、自分の師匠に無断で口外するわけにはいかなかった。

困ってしまい、黙り込んでいると、

「まあ、いいさ。気が向いたら遊びに来るように、鏡楽さんに伝えといておくれ」

気配を察したらしく、師匠の方から話を打ち切ってくれた。

「『うまいコーシーでもいれるから』と、あたしが言ってたってね」

「あ、はい。承知をいたしました。必ず申し伝えます」

深々とお辞儀をする。『コーヒー』が『コーシー』になるのは典型的な江戸なまりだ。

「それと、こいつは別件だけど……どうだい？　お前さんも、うちに稽古に来てみては。そろそろ、『火事息子』を覚えといてもいい頃合じゃないかね」

「ええっ？　あの、師匠の『火事息子』を教えていただけるのでございますか」

「うん。もちろん鏡楽さんから教わってもいいが、ちょいと頼みづらいだろう。とりあえず、一回顔を出してごらん。体が空いていれば、すぐ稽古をするし、もし忙しければ、その時に日取りを決めるから」

「あ、ありがとうございます！」

突然の誘いに驚いたが、もちろん願ったり叶ったり。何度も何度も頭を下げ……落ち着いてから、鏡治はふと妙な気持ちになった。

（でも、なぜ急に……ひょっとして、稲荷町は他人《ひと》の心の内が読めるんじゃねえのかな）

4

「『……あーら、我《わ》が君。あーら、我が君』

『おやおや。また始まったよ。これじゃ、眠れやしねえ』」

南千住《みなみせんじゅ》駅東口を出て、歩き出す。口の中で唱えているのは、今日、神楽坂倶楽部のクイツキの出番で演じた『たらちね』だ。

『噺家は歩きながら貯金ができる』という名言があるが、それを可能にするのがこの『ネタぐり』というやつ。時刻は午後五時過ぎなので、駅前を多くの人が行き来していたが、ごく小さな声なので、誰かの耳に届くことはない。

噺家にもいろいろな癖があり、ある師匠は自分がトリの時、高座の出来に満足できないと、必ず楽屋で煙草《たばこ》を吸いながらもう一度さらってから帰る。これとは逆に、鏡治は盛大にウケた時、帰り道でネタぐりすることが多かった。

「『まったく、しょうがねえなあ。今度は何《なん》なんですか？』
『もはや日も東天《とうてん》に出御《しゅつぎょ》ましまさば、うがい手水《ちょうず》に身を清め、神前仏前に御灯明《みあかし》を捧げられ、ご飯召し上がってしかるびょう、恐惶謹言《きょうこうきんげん》』」

噺の筋はおなじみのもので、長屋住まいの八五郎《はちごろう》が大家さんから女房を世話してもらったが、相手の女性はお屋敷奉公をしていた期間が長く、言葉が丁寧すぎるのが玉に瑕《きず》。早速祝言《しゅうげん》を挙げてはみたものの、何を言っているのかわからない。

『寿限無《じゅげむ》』と同様、長い名前……では本当はないのだが、『自らことの姓名は、父は元京《きょう》都《と》の産にして、姓は安藤《あんどう》、名は慶三《けいぞう》、字《あざな》を五光《ごこう》と申せしが、我が母三十三《さんじゅうさん》歳の折、ある夜《よ》丹頂《たんちょう》を夢見、わらわをはらみしがゆえに、たらちねの胎内を出《い》でし時は……』という有名な言い立てがあり、前座噺の代表作の一つとされていた。

常磐線《じょうばんせん》の車内でさらい始め、ちょうど今は初夜を済ませた翌朝の場面。ちなみに、演目を漢字で書けば『垂乳根』で、母または親にかかる枕詞《まくらことば》である。

「『恐惶謹言だ？　おいおい。脅かしちゃいけねえよ。飯を食うのが恐惶謹言なら、酒を飲んだら……よってくだんのごとしか』」

と、これがサゲだ。『恐惶謹言』も『依《よ》って件《くだん》のごとし』も文書や手紙の末尾に添える挨拶語。それと『酔って、グデングデン』をかけているのだが、わかりにくいため、現在では、読みやすいようにかなで書いてもらった文章を八五郎が音読するうち、つい物乞《ものご》いの口調になり、『右や左の旦那様ぁ』などと言って、サゲてしまうこともある。

（いやあ、まさか稲荷町がわざわざ楽屋に残って、聞いてくださるとは思わなかった。とにかく、ありがたいことだ）

楽屋に戻ると、モニターの前に正蔵師匠がいて、『いい呼吸だね。トントンと運ぶと、前座噺でもおもしろく聞ける』とほめてくれた。そして、『普通は〈リンシチクリト〉だが、お前さんのは戒名なんだねえ』と言われた。

これは『たらちね』の前半部分に関することで、大家さんが八五郎の女房になる女と道で会った時、『今朝《こんちょう》は土風《どふう》激しゅうして小砂眼入《しょうしゃがんにゅう》す』と挨拶される。とっさに意味がわからず、困った大家は脇の道具屋に箪笥と屏風《びょうぶ》があったので、二つまとめて引っくり返し、『スタンブビョーでございます』と返事をする。それを聞いた八つぁんが『あたしなら、七輪と徳利でリンシチクリトと言うね』が一般的だが、鏡治の場合は違い、『メイホウコウカクシンニョ』とごまかすのだ。

『ところで、あれ、本当にお前のおっ母さんの戒名なのかい』と稲荷町の師匠にきかれたから、字まで説明したら、笑っていた。

（それにしても、今日はよくウケたよ。バカウケだ。まるで、名人にでもなったような心持ちがしたぜ）

駅前広場を抜け、吉野通《よしのどお》りへ入る。道の左側には国鉄の隅田川《すみだがわ》貨物駅が広がっていた。

(何の変哲もねえ前座噺なのになあ。以前は売れてる仲間に焼き餅を焼いて、『あいつはドサだ、バチだ』と、そんなことばかり言って憂さを晴らしてた。そんな不満が高じて、二つ目時代の後半には一年半近くも高座に上がらない日々が続いて、バイトでしのいだりもしたが……今になってみれば、俺の落語でお客が笑わなかった理由がよくわかるぜ)

『ドサ』は『田舎《いなか》くさい』。『バチ』は『場違い』が語源で、『本筋でない』という意味の悪口である。

三光亭鏡治こと、本名高原久市は茨城県土浦《つちうら》市の出身だ。霞ヶ浦《かすみがうら》の西岸に位置し、戦前は海軍航空隊の町としても知られていた。実家は明治時代から続く炭屋で、彼はそこの一人息子。灯油やプロパンガスも商ってはいたが、やはり時節には合わず、三代目である父・義久《よしひさ》が頑張ってはいたものの、売り上げは先細りになる一方だった。

鏡治は幼い頃から、とにかく勉強が嫌いで、一応商業高校に進んだものの、怠け放題。そのうちに悪い連中とのつながりができて、酒、煙草、万引きと悪行三昧《あくぎょうざんまい》。今振り返ってみると、退学にならなかったのが不思議なくらいだ。

しかし、そんな状態では簿記などの資格を取得できるはずもなく、事務職は到底無理。地元の鋳物工場に就職することになったが、熱気とほこりに耐えられず、わずか三カ月で退社。そのことを父親に叱責されたことに反発し、家出同然で東京にやってきた。

(……若かったよなあ、俺も。でなければ、あんな無鉄砲なまねができるはずがない)

行儀よく並ぶ貨物用コンテナを眺めながら、当時を思い出して、鏡治は苦笑した。

上京後は、生活費を稼ぐために何でもやった。長距離トラックの助手、ペンキ屋の見習い、新聞配達、ウェイター……。職を転々とするうち、中野《なかの》駅近くの居酒屋へと流れ着き、そこに腰を落ち着けることになった。

職人気質《かたぎ》の主と妻が切り盛りする小さな店で、客の大半が常連。品書きには凝った創作料理がずらりと並んでいた。夫婦に気に入られ、時給も高く、賄《まかな》いも美味。居心地は最高だったが、そもそも料理人として身を立てるつもりがない。食うに困らなくなると、何を自分の一生の仕事にするか、真剣に考えてみる必要に迫られた。

そんな時、自分の将来を決める人物との運命の出会い……ではなく、再会があった。中学時代の同級生がプロの落語家になり、偶然店に現れたのだ。

それが西山亀造《にしやまかめぞう》で、芸名が金鈴亭萬坊《きんりんていまんぼう》。怪談噺の名人と言われた四代目金鈴亭萬喬《まんきょう》師匠の弟子だった……と過去形になるのは、すでに廃業してしまったせいである。

彼も鏡治と同じ高校に進学したが、亀造は一年生の秋に退学し、十六歳で入門したから、当時、すでに二つ目昇進を果たしていた。ちなみに、退学の理由は原付バイクでの軽い人身事故。実は鏡治もバイク仲間で、五、六人つるんでは乗り回していたから、一歩間違えば同じ運命だった。

最初、亀造は贔屓《ひいき》客のお供で来たのだが、その後、頻繁に顔を見せるようになった。主が落語好きで、特別料金で飲ませてやったせいもあるだろう。

髪形は中学時代からずっと坊主で、尖《とが》った頭の先と丸い顔の輪郭から、あだ名は『栗《クリ》饅《マン》頭』。細い眼が、笑うと、完全になくなってしまう。芸は特にうまくもなかったが、不思議な愛嬌があり、『初天神』『真田《さなだ》小僧』など、子供が出てくる噺を得意にしていた。

『久《きゆう》ちゃん。噺家はいいぞぉ』

それが、初来店の時からの亀造の口癖だった。

『一日《いちんち》にたった十五分働けば食っていけるなんて商売、ほかにありっこねえもの。久ちゃんも噺家になれよ。まあ、前座修業はつらいこともあるけど、二つ目になればしめたもんさ。金にも女にもまず不自由はしねえ』

酒の上の話だということはもちろんわかっていたが、カウンター越しに半年以上同じ台詞を聞かされ、ついその気になってしまった。子供の時からラジオで落語は聞いていたし、亀造と再会して以降は新宿や神楽坂の寄席に何度となく足を運び、落語の魅力に取りつかれてしまってもいた。

そして、とうとうある夜、彼は自分の決意を正直に打ち明けてみたのだ。

(あの時の亀ちゃんの顔……鳩に豆鉄砲ってのは、きっとあれを言うんだろうな)

まさか本気で噺家になると言い出すとは思わなかったのだろうが、それまでにさんざんそそのかした手前、頰《ほ》っ被《かむ》りもできない。そこから紆余曲折《うよきょくせつ》があったあげく、ちょうど鞄持《かばんも》ちを探していた三光亭鏡楽師匠の弟子になり、『きょう市』という名前をもらうことができた。二十一歳の時である。前座名には奇抜なものもあるが、戒名などと同様、本名から一文字取ってつける場合も多かった。

ところが、世の中というのは皮肉で、亀造はその翌年に萬喬師匠の金を遣い込んだことが発覚して破門され、噺家を廃業するはめになってしまった。もし続けていれば、今頃、そこそこの位置にはいたと思う。

そんな過去を思い出しながら歩くうち、鏡治は吉野通りが明治《めいじ》通りにぶつかる地点までやってきた。

泪橋《なみだばし》交差点。現在は別の地名に変わっているが、ここはいわゆる山谷《さんや》地区の北の外れにあたり、江戸時代には、実在した泪橋を渡った先、たった今歩いてきたあたりに小塚原《こづかっぱら》の刑場があった。川はすでに暗渠《あんきょ》化されてしまい、当時の面影はどこにもない。

山谷は言うまでもなく日雇い労働者の町である。通称『ドヤ』と呼ばれる簡易宿泊施設が建ち並ぶ一帯もすぐ近く。地域的なイメージはあまりよろしくないが、それが周辺の不動産価格を押し下げているのも事実で、鏡治が八年前から住んでいる家賃格安のアパートはここから隅田川方向へ進んだ位置にあった。

（近頃は寄席だけでなく、地方の仕事も順調に入ってくるようになった。引っ越そうかとは思うんだが、あいつが首を縦に振らねえ。『どこだって住めば都よ』なんて言うんだ）

妻のことを思うと、自然に頬がゆるんできてしまう。

(働き者で、飛びっ切り器量がよく、年は俺のちょうど一回り下。おまけに贅沢《ぜいたく》が嫌いってんだから、噺家の女房にはうってつけだ。『たらちね』の夫婦《めおと》くらい不釣り合いではあるが……まあ、これも縁なんだろう。長年、くすぶり続けたこの俺がようやく人並みに売れ始めたのも、全部あいつのおかげなんだ)

『くすぶる』とは楽屋符牒で、いつまでも売れないこと。ぱっと燃えずに、ぐずぐず煙《けむ》を出しているという意味である。

5

泪橋交差点から、明治通りを東へ。進行方向の右手に隣接するのが山谷地区……現在の地名では台東区日本堤《にほんづつみ》、清川《きよかわ》、東浅草《ひがしあさくさ》の一帯だ。

山谷といっても、ドヤ街ばかりではなく、一般の住宅やアパートもたくさんある。さすがに治安がいいとは言えなかったが、ドヤの住人は警察から睨まれることを何よりも恐れるので、地元住民とのトラブルは極力避けようとする。したがって、注意して暮らしてさえいれば、身の危険を感じることはなかった。

やがて前方に、白くアーチを描く白鬚《しらひげ》橋。その少し手前の小道を右へ折れると、民家と商店が混在する雑多な家並みの中、左手に二階建てのアパートが見えてくる。入居しているのは上下ともに五世帯ずつで、そのうち、二階の奥が鏡治たち一家の住まいだ。住所は台東区橋場《はしば》二丁目。新築から三十年近くが経過しているため、外壁のモルタルが汚れ、全体にひびが走っていた。

錆《さび》の浮いた鉄製の外階段を上がり、廊下の突きあたりまで進む。キーホルダーを取り出しながら、鏡治は部屋の前に掲げられている表札を見た。

『高原　久市
　　　　清子《きよこ》
　　　　志朗《しろう》』

紛れもない自分自身の城だ。そう思うと、誇らしい気持ちがした。

玄関のロックを解除し、ドアを開ける。まだ『ただいま』も言わないうちに、奥で「あっ、かえってきたぁ！」という甲高《かんだか》い声がして、かわいらしい足音とともに、先月七日に満三歳になった一人息子が姿を現した。銭湯から戻った直後らしく、髪が少し濡れている。

「キューちゃん、おかえり。キューちゃん！」

「おい。だから、『父ちゃん』と呼べと、あれほど……まあ、いいや。はいよ。ただいま」

志朗が父親をこう呼ぶようになった理由は、妻が彼を『久ちゃん』と呼ぶせいだが、そればかりではなく、藤子不二雄《ふじこふじお》作の人気漫画『オバケのQ太郎』の影響も大きかった。アニメの放映は何年も前に終了していたが、それ以降、くり返し再放送されている。

　ずんぐりむっくりの体型に大きな口、頭の毛の薄いところもよく似ているため、完全に仲間だと思われているらしい。

「いい子にしてたか」と抱き上げ、高い高いをしてやると、奇声を発しながら大喜びする。鏡治は息子のこの表情が一番好きだった。

　妻の妊娠中、彼はさっき見た橋を渡った先にある白鬚神社に日参して、『男女はお任せしますから、どうか五体満足で顔が女房に似た子を授かりますように』と願をかけた。さすがは隅田川七福神の一つに数えられるだけあって、霊験はあらたか。望み通りの子が生まれたが、笑えば、大人びた顔がクシャクシャになり、年齢相応のあどけなさが漂うのだ。

「あら、お帰りなさい。早かったわね」

　妻が玄関に出てきた。所帯をもったのが四年前の春。見慣れたはずの我が女房だが、やけに背が高いなと、改めて思う。本人は否定しているが、たぶん身長が百七十センチを超えているはず。絵に描いたようなノミの夫婦なのだ。

（最初《はな》に会った時より、さらに高くなった気がする。年が、二十六。『二十五歳の朝飯前まで背が伸びる』というから、あたり前かもしれねえが……さすがに、これ以上は勘弁してもらいてえな）

「ねえねえ、今日はどうだった？　お客様にウケた？」

普通、噺家の女房というのはこんな詮索をしないものらしいが、毎日、平気で質問をしてくる。そんな無邪気なところも、彼には好ましかった。

「きくだけ、野暮。もちろんバカウケさ。顎でも外す客が出やしねえかと、心配《しんぺぇ》しながら喋《しゃべ》ってたくれえだ」

前座噺でそこまでウケるはずがないが、左手で息子を抱いたまま胸を張ると、妻は「わあ、よかった！」と言い、やはり顔をクシャクシャにして笑う。親子だから当然かもしれないが、その表情が息子にそっくりだった。

顔の輪郭はやや丸い。顔立ちは極めて端整で、つぶらで黒々とした瞳と引き締まった口元が特に印象的。ほんの少し丸まった鼻の先が愛嬌を添えていた。

服装は白のTシャツにデニム地のホットパンツだが、長い黒髪を後ろで縛り、湯上がりで、雪国生まれ特有の白い肌に赤みがさしているところなどは、実に色っぽかった。化粧はしていないが、このまま外を歩いても、大半の男が振り返るだろう。

(稲荷町の十八番の『中村仲蔵《なかむらなかぞう》』に出てくる都々逸《どどいつ》で、『夢でもいいから　持ちたいものは　金の成る木と　いい女房』ってのがあるが、まったくどういう風の吹き回しで、こんな女が……ああ、そうか。とりあえず、その風を吹かせた張本人が誰かはわかってるんだ)

靴を脱ぎ、上《あ》がり框《がまち》に足を載せながら、鏡治は心の中でつぶやいた。

（縁結びの神様になってくれたのは、死んだおふくろ。商売に失敗して、何もかも失い、うちへ転がり込んできて、『お前には申し訳ないことをした』と今際《いまわ》の際《きわ》まで俺に謝っていたが……こんな大きな遺産を残してくれてたんだなあ）

6

息子にせがまれ、肩車をしてやる。すると、いきなり、

「タイナイヲ、イデシト、キハ、ツルジョツ、ルジョトモウセ、シガ……」

「おっ、『たらちね』だ。俺が稽古してるのを聞いて、覚えちまったのか。さすがは噺家のせがれ……というより、天才だな、お前は」

手放しで絶賛すると、息子は首を傾げ、懸命にその先を思い出そうとするが、さすがに出てこない。

「だからさ、『成長ののち、これを改め』ってんだろう？」

「あっ！　アラタメ……キヨジョトモウ、シハベルナリ」

「偉い、偉い。最初《はな》と最後《しめえ》を覚えただけだって立派なもんだ。志朗、お前、将来、俺の弟子になって、あとを継ぐか？　臥煙になりたいなんて言っちゃいけねえぞ」

玄関の先が六畳の居間で、小さな流しとガス台がついている。奥に四畳半の寝室。トイ

レは共用で、風呂は銭湯。芸人らしい華やかさなんてどこにもない。真打ちに昇進して、やっと電話を引くことができたのだ。

息子を肩から降ろし、座布団の上にあぐらをかくと、女房が氷を浮かせた麦茶を運んできた。どうせなら冷たいビールといきたいところだが、それはあとのお楽しみだ。

息子がまとわりついてきて、もう一度肩車をしろとせがむ。

「だめよ、志朗。久ちゃんは、これからナムナムするんだから」

漢字で書けば『南無南無』。家の宗旨は真言宗だから、正確には『オンアボキャー』である。

「やだ！　ぼく、ナムナムより、アムアムがいい」

息子の言葉を聞き、鏡治は笑ってしまった。『アムする』は『食べる』という意味。赤ん坊の時から、母親が『はい、アーン……アムアムしてね』などと言うのを脇で聞いていたが、まさかここで出てくるとは思わなかった。

「赤ん坊ってのはすげえなあ。二歳近くまで『パパ、ママ』も言えなかったくせに、もう言い立てのまねやダジャレまで……どれ。志朗の祖母《ばあ》ちゃんにナムナムするとするか」

白黒テレビの脇に、ミカン箱に布を掛けた仏壇があり、出がけと帰宅直後の一日二回、ここに向かって手を合わせるのが習慣になっていた。

線香に火をつけ、鈴《りん》を鳴らして、手を合わせる。黒塗りの小さな位牌は、一番上に真言宗独特の梵字《ぼんじ》が一文字あり、その下に『明峰光鶴信女』という母の戒名。命日は四年前の十二月二十八日で、裏には俗名とともに『行年六十七才』と刻まれていた。

十二月生まれだったから、満年齢では六十五歳。長命と呼ぶにはほど遠い。

鏡治の父は、彼が上京した翌年に五十五歳の若さで亡くなった。死因は癌《がん》だったが、その事実が息子に伝わったのは百か日の法要が済んでからだった。そこで潔く廃業していれば、まだ傷は浅かったのだが、ご先祖様に申し訳が立たないとでも思ったのか、母は従業員を雇って延々と店を続けた。結局、多額の借金を背負って、自宅を売却するはめになり、東京の息子の家に転がり込んできた。今から五年前の春である。

位牌の右脇には遺影も置かれていた。小柄な体で、顔も小作り。赤い縁の眼鏡をかけ、やさしく微笑んでいる。アパートに来て以降、まったく化粧をしなくなったが、髪だけは常に黒々と染めていた。きっと、それが女としての最後の見栄《みえ》だったのだろう。

本当に突然の死だった。もともと心臓に持病があり、医者通いを続けていたのだが、ある朝、鏡治の妻が目覚めた時には、居間に敷かれた布団の中で冷たくなっていた。

解剖の結果、死因はやはり心臓だったが、襖《ふすま》一枚隔てた場所に寝ていた二人は異変にまったく気づかなかった。

婚姻届を提出したのが四年前の三月で、同じ年の九月に協会の理事会で真打ち昇進が決まり、十月には妻の妊娠が判明。まさにとんとん拍子で、親孝行をするのはこれからという時、あっさり来世へと旅立ってしまった。

(俺の披露目《ひろめ》にも呼んで、晴れ舞台を見せたかったが……まあ、それは諦めるにしても、初孫を抱かしてやれなかったのは悔いが残るよな。あれほど楽しみにしてたのに)

ふと気がつくと、鏡治のすぐ右脇に志朗が膝《ひざ》を揃えて座っている。

(だが、見方を変えると、おふくろが亡くなった時点で、こいつを授かっていたのが幸いだったとも言える)

両眼を閉じ、小さな手で合掌する息子を見つめながら、鏡治は心の中でつぶやいた。

(もし腹に志朗がいなければ、その時点で女房に逃げられていたかも……その可能性は充分にある。何しろ、最初《はな》、あいつはうちのおふくろにほれたんだからな)

7

そもそも夫婦の馴れ初めはというと、五年前の暮れ、妻が生命保険会社の外交員として、パンフレットと名刺を携え、訪ねてきたのがすべての始まりだった。

ぼろアパートに勧誘とは酔興《すいきょう》だなと思ったが、彼女に言わせると、こういうところの住人で小金を貯めている例が意外と多く、契約につながりやすいのだという。

その時、鏡治……当時はまだ『きょう市』だったが、そこにこだわると面倒なので、名前はすべて現在のもので統一する。彼はちょうど半月ばかり地方の仕事へ出かけていて、母が独りで留守番をしていた。

同じ年の三月に家業を倒産させ、失意のどん底で転がり込んできた母は、それ以降、生きる気力を失い、精神的なストレスからずっと体調を崩していた。

真冬なのに暖房もつけず、薄暗い部屋で死んだように横たわっているところへ、たまたま清子が訪ねてきたのだ。ドアは施錠されていなかった。

室内の様子を見て、彼女は驚き、尋ねてみると、二、三日まともな食事を摂《と》っていないと言う。気の毒に思った清子は代わりに買い物をして、お粥《かゆ》を作って食べさせてやり、それ以降、ちょくちょく顔を出すようになった。

旅から戻った鏡治は話を聞き、まず何か魂胆《こんたん》があるのではと疑った。普通に考えれば目的は高額の保険契約だろうが、あいにく母の懐《ふところ》はすっからかん。新たに保険に加入する余裕など、どこにもありはしない。

ないところからは石川五右衛門《いしかわごえもん》だって盗《と》れないと思い、そのまま放置することにしたのだが、年が明けたある日、たまたま家にいて、初めて清子と顔を合わせた時には仰天した。

母から『きれいだよ』とは聞いていたが、まさかここまでとは……しかし、何度か話をしてみると、美人特有の鼻につく感じがまったくないし、年老いた母親に対し、本当にこまやかな気遣いをしてくれる。おかしな下心があるようにはとても見えなかった。

『こんな女と所帯がもてたら、どんなに幸せだろう』とは思ったが、そもそも年が違うし、まともな稼ぎもない二つ目の噺家にとってはあまりに高望みが過ぎると思った。

落語を例に取れば、去年、習い覚えて、まだ一度しか高座にかけていない噺に『紺屋高尾《こうやたかお》』がある。染物屋の奉公人である久蔵《きゅうぞう》が吉原でも全盛の花魁《おいらん》・高尾太夫《だゆう》に恋患いをし、三年かかって十両の金を貯め、会いに出かける。紺屋の職人では相手にされないので、田舎のお大尽を装うのだが、正直な久蔵は後朝《きぬぎぬ》の別れの時、真実を打ち明けてしまう。『三年後に必ずまた来ます』という言葉を聞いた高尾は心を打たれ、翌年の三月十五日、年季《ねん》が明けたら、久蔵の元へ行くと約束をし、その通り、二人は夫婦になる。

しかし、噺と現実とは違うのがあたり前で、とてもうまくいくとは思えない。身分不相応だと諦めていたのだが、清子を気に入った母がしきりに背中を押すので、冗談めかして口説いてみたら……何とその晩、自宅から徒歩五分の安ホテルの一室で、二人はできてしまったのだ。ほれ薬として知られる『イモリの黒焼き』でも呑ませてみるかと思案していたが、そんなものを用意する暇もなかった。

これは結婚後、しばらく経ってからだが、たった一度だけ、寝物語で『なぜこんな俺と所帯をもつ気になった？』ときいたことがある。妻の答えは『この人なら、自分のことを大切にしてくれると思ったから』で、まさに高尾の心境と同じ。鏡治はその言葉を信じていたが、もし母がいなければ、たぶん妻もそんな気持ちにはならなかっただろう。

深い関係になってから入籍までは、あっという間に話が進んだのだが……ただ一つ、清子は自分の身の上について、ほとんど語ろうとしなかった。

出身地は『新潟《にいがた》市の近くの小さな町』だが、家庭の事情が複雑で、中学卒業後、家出同然で東京へ出てきたため、親兄弟はもちろん、親戚とも一切のつき合いが絶えてしまった。上京後はさまざまな職業を転々とし、二十歳の時、今の生命保険会社に落ち着いた……以上が、清子の話のすべてである。そもそも、口数のあまり多くない女なのだ。

鏡治自身の境遇だって似たようなものだし、親類縁者がなければ式を挙げる必要もない。金のない鏡治にとっては極めて好都合だった。

清子がアパートに越してきてから、母の表情が別人のように明るくなり、仲睦《なかむつ》まじい様子は本物の母娘《おやこ》を見るようだったが、そんな生活は半年ちょっとしか続かなかった。その翌年の夏、無事に出産を終えたあとで、清子は涙を浮かべながら、『せめて一度だけでも、お義母《かあ》さんに抱いてほしかった』と何度も言ったが、鏡治もまったく同じ気持ちだった。

感傷的な気分になっていると、いきなり右肩をドンと叩かれる。

「おい、ショッカー！　へんしんするから、まってろよ」

いつの間に身に着けたのか、腰には巨大なライダーベルトが巻かれていた。そして、父親を睨《にら》みつけ、おなじみのポーズ。

テレビで子供たちに人気の仮面ライダーシリーズは、四年前のストロンガーが今のところ最後だが、再放送で見ることができるので、息子にとっては憧れのヒーローだ。

すかさず、パンチとキックの雨あられ。最近はアマゾンがお気に入りらしく、噛《か》みつき攻撃まで仕掛けてくる。

「イテテ……！　お、おい。清子、何とかしてくれ。元気なのはいいが、こっちがたまらねえぜ」

「変身したら、しばらくはだめよ。私の内職の材料だって、ちょっと油断すると、踏んづけてグシャグシャにされちゃうの」

妻は結婚と同時に保険会社を辞め、造花作りの内職を始めた。亭主の収入が不安定なので、何も退職しなくてもと思ったが、それが本人の希望だったのだ。その代わり、単価の安い仕事なのに、毎月相当な金額を稼ぎ出し、鏡治を驚かせた。

「とにかく、男の子は乱暴よ。今日も、鼻の穴が不自然にふくらんでいるなと思ったら、銀玉鉄砲《ぎんだまでっぽう》の玉をギチギチに詰め込んでたのよ」

「ええっ？　そんなことしたら、危ねえじゃねえか」

「その通りよ。全部取り出せたからよかったけど、あと少しで、耳鼻科の先生のお世話になるところだった」

「おい。そこのアマゾン、ちょっとこっちへ来やがれ！」

正義のヒーローになりきっている息子を強引につかまえ、両腕で抱く。父親の剣幕に恐れをなし、志朗は両眼を見開き、おとなしくなった。

「それでなくたって、お前の鼻は妙に尖ってるんだからな。それ以上いじると、せっかくのいい男が台なしになるぞ」

叱りながら、顔をしみじみ眺める。『いい男』は決して身贔屓ではなく、粉ミルクの缶に刷り込んでもおかしくないほど、きれいな顔立ちをしていた。基本的には母親似で、二重の大きな眼などがそっくりだったが、やや面長なところと、つんと高い鼻は両親のどちらにも似ていない。

「まあ、俺に瓜《うり》二つなんて顔で生まれてこなくてよかったけど、どうしてお前はもうはんぶ……おおっ！　何だ、電話か。脅かしやがる。はいはい。ただいま」

返事をしながら手を伸ばし、ダイヤル式の黒電話の受話器を上げる。

「もしもし。ええ、鏡治でございま……あっ、師匠でしたか。これは、どうも……」

相手は師匠の三光亭鏡楽だった。向こうからかけてくるのは珍しいから、緊張する。

『鏡治か。ちょっと、ことわって、おきたいことがあってな。それで、電話したんだ』

普段通りのしわがれた声、舌が少しもつれたような口調でそう言い、それから、不自然な間がしばらくあって、

『……実は、鏡也のやつを、破門することに決めてな。お前も兄弟子だから、一応は教えておこうかと、思ったんだ』

師匠のその言葉を聞いて、鏡治は驚愕した。寄席の高座で大ウケしたせいで、いい気分になり、つい忘れていたが、一門内に混乱を引き起こしていた例の一件が、ついに火を噴いたらしい。

8

（一《ひと》っ風呂《ぷろ》浴びて、女房の酌で冷えたビール。ほどよく酔ったところで、志朗を寝かしつけ、久しぶりに布団の中で一戦……目論見《もくろみ》が全部台なしだ。冗談じゃねえな、まったく）

駅への道を急ぎながら、鏡治は大きな舌打ちをした。

（弟弟子《おとうとでし》が破門されるかどうかの瀬戸際なんだから、普通なら、一肌《ひとはだ》でも二肌《ふたはだ》でも脱ぐところだが……やらかしたシクジリがシクジリだからなあ。猫にスルメを食わせたせいだなんて、自分のことじゃなくても、恥ずかしくて、仲間に話ができねえぜ）

鏡治が嘆きたくなるのも無理はない。三光亭一門を揺るがす大騒動の元凶は一匹の猫。鏡楽師匠の飼い猫である黒兵衛《くろべえ》に、鏡也がスルメを食わせたことがそもそもの発端だった。

黒兵衛は名前が示す通り、雄の黒猫で、年齢は六歳。元気そのものだったのだが、今から三週間ほど前の夕方、突然大量のよだれを垂らして呼吸困難に陥った。

あわてておかみさんが動物病院へ連れていったところ、下された診断は急性胃拡張。何か悪いものを食べ、それを吐くに吐けない状態で苦しんでいるのだという。開腹手術をしないと命に関わると言われ、おかみさんも手術に同意したのだが、念のため、喉からチューブを挿入し、薬剤を流し込む治療法を試してみたところ、大量の嘔吐をして、運よく命を取り留めた。

そこまではよかったのだが、問題は吐瀉物《としゃぶつ》の中から出てきた大量のスルメだった。獣医さんの話によると、イカやタコが猫にとって毒だと言われているのは間違いではないが、その理由はそれらの身に含まれる酵素がビタミンB_1欠乏症を引き起こすせいで、火を通して乾燥させたスルメは該当しない。したがって、猫にスルメを食べさせても普通は問題ないのだが、乾物は水分を含むと膨張するため、大量に摂取すると、胃の拡張によって血管が圧迫され、心臓などへの血行が滞り、最悪、死に至ることもあるという。

黒兵衛の場合も、手術は何とか回避できたものの、衰弱が激しく、そこから五日間の入院を余儀なくされた。

おかみさんの帰宅後、師匠宅ではすぐに犯人捜しが始まった。台所の戸棚にしまわれていたスルメが消えていたが、猫が盗み食いをしたあとで戸を閉めたはずはない。そこから、その日の昼間やってきた鏡也の存在が浮かび上がり、家に呼ばれて問い詰められた結果、あっさり白状に及んだ。

鏡也はもちろん平謝りで、親から借金し、黒兵衛の入院費を全額負担すると申し出たので、鏡楽師匠もいったんは矛《ほこ》を収めかけた。ところが、無事退院して自宅へ戻った黒兵衛は、その翌々日、師匠夫妻が眼を離した隙に縁側から外に出て、それ以来、行方が知れない。

猫は頭が悪く、何かあってもすぐに忘れると言う人がいるが、実はそうではなく、恐ろしい体験に関する記憶力は抜群なのだそうだ。慣れない環境での入院は猫にとって大きな負担だったらしく、師匠の家へ戻ってからもあちこちにお漏らしをした。その弱った体で逃走したわけだから、スルメで死にかけたことは、黒兵衛にとってよほどの恐怖だったのだろう。

とにかく、このために事態はまた悪化してしまった。

黒兵衛が家出したあと、鏡楽師匠はすぐに鏡也を呼び、『元はと言えばお前の責任なんだから、絶対に見つけ出せ』と厳命した。破門をちらつかされた鏡也は震え上がり、自分で捜すのはもちろん、手作りしたビラをあちこちの電柱に貼るなど涙ぐましい努力をしたのだが、いまだにその効果は表れていなかった。

(まったく、ばかなまねをしたもんだが……ただ、やつの気持ちもほんの少しだけわかるんだよな。大っぴらには、口に出せねえけどさ)

前座から二つ目になれば、師匠宅の雑用からは解放されるのが通例だが、鏡也は末の弟子で、下には誰もいない。したがって、昇進以降も何やかやと用を言いつけられ、『これでは何のために苦労してきたかわからない』と愚痴をこぼしていた。鏡楽師匠の人使いが荒いのは事実だったし、また、几帳面なのを通り越して、神経質で潔癖性なので、ちょっとした汚れや乱れが我慢できないのだ。

当日も朝から庭の草むしりを命じられ、汗びっしょりになって、何とかやり終えたが、師匠からはろくに労《ねぎら》いの言葉もなかったので、ついカッとなり、たまたまそばに来た猫に八つあたりをしてしまったらしい。イカやタコが猫に毒だと聞いていたので、食べさせて、弱らせてやろうという単純な動機だった。

落語界で似たような例は過去にもあった。昭和三十九年に亡くなった三代目三遊亭金馬《きんば》師匠は愛犬家で、『ジュゲム』と名づけたドーベルマンを飼っていたが、ひどく手がかかるので、弟子が腹立ち紛れに犬の爪をハサミで切り落としてしまった。それも、根元ぎりぎりから切ったので血が噴き出し、弟子二人は破門を宣告されたという。

(まあ、先代の金馬師匠という方は弟子に対しては暴君で、『破門だ!』が口癖だったそうだから、その時も結局は許してもらえたが、うちの師匠は違う。普段はもの静かだが、いったん怒り出したら手がつけられねえ。弱ったなあ。鏡也のやつはちょいとワケアリだから、師匠から破門されたらどこにも行き場がねえだろう)

破門された噺家が他門へ移籍するためには、元の師匠の同意が必要で、もしそれが得られなければ即廃業が待っている。

今回の件で鏡楽師匠は怒り心頭だし、鏡也の場合、以前、別の師匠に弟子入りしたのだが、言動がよろしくないという理由で破門になり、鏡楽師匠に拾ってもらったという経緯があった。その後はだいぶ態度を改め、特に問題は起こしていないが、事情は業界内で周知されているから、再度手を差し延べてくれる奇特な人物がいるとはとても思えなかった。

南千住の駅に着く。鏡楽師匠の自宅の住所は新宿区筑土八幡町《つくどはちまんちょう》。最寄り駅は飯田橋だから、結局、寄席からの帰路を逆戻りするはめになった。

鏡也とは、個人的にはあまり親しくもないのだが、立場上、見過ごすわけにはいかないし、それに、もし一門の弟子が自分だけになれば、今後、何かと面倒が降りかかってくるのは必定だ。

南千住駅構内の階段を懸命に上り下りし、常磐線のホームに立つ。午後六時半を回っていたが、まだまだ周囲は明るかった。

（ああ、そうだ。こうとわかっていたら、今日、稲荷町に声をかけられた時、事情を打ち明けておくんだったなあ。今度の一件についちゃ、あの師匠も関わり合い。何しろ、黒兵衛の最初の飼い主なんだからな）

もう十年以上前になるが、稲荷町の師匠は白猫を飼っていた。名前が白兵衛《しろべえ》。その猫が死んで数年後、今度は黒の子猫が迷い込んだ。『白兵衛の生まれ変わりかもしれない』などと言って、それから半年くらい長屋で世話をしていたのだが、もう高齢だという理由で引き取り先を探し、噂を聞いた鏡楽師匠が手を挙げたというわけだ。

上野行きの上り電車がホームへ滑り込んでくる。ラッシュの時間帯だったが、ちょうど空いた席にうまく腰を下ろすことができた。

（……うちの師匠は変わっちまった。俺が入門した頃と比べると、まるで別人だ）

枕木の音を聞きながら、鏡治はぼんやりと考えた。

（鞄持ちを探しているという噂を聞きつけた亀ちゃんから、『鏡楽師匠のとこはどうだい？』ときかれた時には素直にうれしかった。ガキの頃からラジオでよく聞いていたからな）

七代目三光亭鏡楽は埼玉県熊谷《くまがや》市の出身で、師匠は名人と呼ばれた六代目。十五歳で入門し、真打ちになるまで二十年近くかかっているが、これは前座・二つ目時代に合わせて四年近くにも及んだ兵役のせいで、本人の芸の技量とは関係ない。

終戦の翌々年、ようやく鏡楽を襲名して真打ちに昇進した直後から人気が沸騰した。寄席の高座はもちろん、ラジオやテレビの寄席番組の常連となり、全国的に顔と名前が売れたのだ。

若い頃の持ち味は軽快な口調と当意即妙の警句。十八番はそういった特長を活かした地《じ》噺《ばなし》、つまり地の語りを中心とする落語で、演目としては『大師《だいし》の杵《きね》』『お血脈《けちみゃく》』『目黒《めぐろ》のさんま』『源平盛衰記《げんぺいせいすいき》』など。中でも『源平盛衰記』は大胆なアレンジを施した現代的な演出で、特に若い世代から支持された。

（ラジオで師匠の噺を最初に聞いたのは、ちょうどその頃だったな。お得意の『源平』で、俺はまだ小学生だった）

その時、まず尋常ではない達弁に、鏡治は驚かされた。単に早口なだけでなく、言葉一つ一つが粒立っていて、洪水のように耳へ押し寄せてくるのだ。

『源平盛衰記』は名前が示す通り、源氏と平氏の争い、具体的には木曽義仲《きそよしなか》の入京から壇《だん》ノ浦《うら》の戦いまでを主な題材としていたが、那須与一《なすのよいち》の『扇の的』を例に取ると、『与一宗《むな》高御諚《たかごじょう》かしこまって候と、その日の出で立ちを見てあらば、藍縅《あいおどし》の鎧《よろい》一着なし、頭には鍬形《くわがた》の兜《かぶと》をいただき、葦毛《あしげ》の駒に金覆輪《きんぷくりん》の鞍《くら》置いて打ちまたがり』と立て板に水で聞かせ、そのあと、普通ならば『ハイヨーッ、ドウドウ』というかけ声になるところを、いきなり『ヨイチ、ニー、サン、シ』と言ったので、鏡治はラジオの前で大笑いしてしまった。

その時の印象が強烈だったので、上京後、初めて生の高座に接した時にもすぐにわかった。放送演芸賞を受賞してから二年後。その頃には、口調も多少ゆったりとし、『井戸《いど》の茶碗』『甲府《こうふ》い』『唐茄子屋政談《とうなすやせいだん》』など、人情噺めいた演目も手がけるようになっていたが、お客によくウケていたし、人気も高く、テレビの寄席番組はもちろん、バラエティやドラマにまで活動の幅を広げていた。

（将来間違いなく大看板になる。そう確信して、入門した。師匠にアパート代を補助してもらっての通い弟子。毎日、喜び勇んで師匠のお宅に通ったもんだ。

俺が入門した翌年には、アメリカ公演までしたんだ。俺は一緒に行けなかったが、現地の日本人を相手に一カ月近くアメリカとカナダを回り、その様子が新聞でも大きく取り上げられたっけ。アロハシャツを着て、大量の土産《みやげ》と一緒に羽田《はねだ》に戻ってきた師匠は本当に颯爽《さっそう》としていた。だけど……)

次第に暗くなる空の色を見つめながら、鏡治は深いため息をついた。

(歯車が狂い出したのは、それから一年後。武勇《たけお》さんがあんな事件さえ起こさなければ、師匠も世捨て人みたいにならずに済んだはず。本当に、あれさえなければ……)

多和田《たわだ》武勇は鏡楽師匠の一人息子の名前。やや当て字っぽい命名は、誕生した時すでに中国との戦争が始まっていて、この手の名前が喜ばれたせいである。鏡治よりも五つ年長だから、今年四十三歳のはずだが、その消息は十五年前から完全に途絶えていた。

9

寄席に出勤する時とは違い、飯田橋駅の東口から出て、大久保《おおくぼ》通りを西へ向かう。歩を進めながら、鏡治は鏡楽師匠の一人息子のことを思い出していた。

自分が入門した時、武勇さんは二十六歳。前座時代にはほぼ毎日、師匠宅に通っていたので、二階に住んでいた彼とも頻繁に顔を合わせた。年下の鏡治に対してはやさしく、よく冗談も口にした武勇さんだったが、両親、特に父親である鏡楽師匠の前に出ると、態度が豹変し、些細なことから父子《おやこ》喧嘩に発展することがよくあった。

近所の人の話などでだんだんと事情がわかってきたのだが、武勇さんは高校時代までは建築家を志望し、成績も非常に優秀だったらしい。ところが、自分の力を過信したせいで、大学受験に失敗し、浪人生活を送るうち、道を踏み外してしまった。

ただし、これは、本人にしてみれば仕方のない面もあった。幼い時から父に連れられて寄席の楽屋に出入りし、顔見知りの大人はすべて芸人。道楽者ばかりが揃っていた。志望校選びを間違えただけで、実力はあるわけだから、捲土重来《けんどちょうらい》を期せばよかったのだが、たちまちのうちに酒や博打《ばくち》、女遊びを覚え、せっかく入学した予備校にも通わなくなってしまった。

父親である鏡楽師匠は何度も強く叱ったが、先達《せんだつ》を務めているのが知り合いばかりなので、まるで効きめがない。そうこうしているうち、二十歳になった武勇さんはある日、父親の前に正座をして、『落語家になりたいので、弟子にしてください』と頭を下げた。

（武勇さんにとっても、うちの師匠にとっても、それが人生の分かれめだったな。父親の職業を継ぎたいと言ってるんだから、弟子にするか、もしも嫌なら、誰かほかの師匠を紹介すればよかったんだ）

ところが、一人息子を堅気《かたぎ》の職業に就かせたいと考えていた鏡楽師匠は入門を認めなかったばかりか、仲間内の寄り合いでこの話題を出し、『もしせがれが訪ねていっても、弟子にしないでくれ』と頼んだ。将来への希望が絶たれた武勇さんは荒れ、さらに悪い道へ……このあたりの経緯は『火事息子』とまるで一緒だ。

十五年前の九月、武勇さんが起こした暴力事件は酔った上での単純な喧嘩で、発生直後はそれほど深刻な問題にはならないと思われたのだが、相手が未成年だったことと片眼を失明させてしまったことが災いして、新聞や雑誌、テレビなどで大きく取り上げられた。矢面《やおもて》に立たされた鏡楽師匠はマスコミの仕事をすべて失い、寄席出演もしばらく自粛せざるを得なくなった。

その後、高座には復帰したものの、以前のような人気が復活することはなかったし、心労から酒に溺《おぼ》れたせいで、芸に対する評価も急落してしまった。それ以降は次第に高座の数が減っていき、三年前の鏡治の披露目《ひろめ》の時にはどの噺を演ってもまるでウケないので、最後は漫談でお茶を濁していた。

（酒は怖いよなあ。あそこまで芸に影響するんだから。四年前、廃業する寸前だった鏡也を拾ったのも、昔世話になった人から頼み込まれたせいで、陰では新たに弟子を取ることを嫌がっていた。だからこそ、今回のことで、よけいに腹を立てたんだろうな）

ちなみに、武勇さんの方は裁判の結果、執行猶予つきの有罪となったが、その直後、姿を消し、それ以降、まったく行方がわからない。もっとも、八方手を尽くして捜したのはおかみさんで、鏡楽師匠は裁判の最中から『あいつは勘当しました』と公言していた。

筑土八幡町に入る。この名の由来は平安時代の初めに創建と伝えられる神社で、丁番をもたない単独町名である。

社殿は小高い丘の上。長く続く石段や鎮守《ちんじゅ》の森の緑を横眼で見ながら、少し先まで行き、小道を右へ入ると、左側の四軒めが鏡楽師匠の自宅だ。黒兵衛の失踪から何日かは、鏡治も捜索隊に加わり、この近所を歩き回ったりしたから、約十日ぶりの訪問ということになる。

切妻《きりづま》の屋根で、一部は二階建て。家自体は小ぢんまりしているが、庭もあり、噺家の住まいとしてはかなり贅沢。稼いでいた時代に建てた持ち家だが、このほかにも二軒の借家を所有していて、そちらからの家賃収入があるおかげで、師匠が仕事をしなくても何とか暮らしが立っているのだ。

時刻は午後七時四十分。すでに辺りは暗い。庭に大きなクルミの木があって、そこを根城にする蟬《せみ》たちの声が、こんな時刻でもやかましかった。

敷石を踏んで玄関へ。表札は芸名の脇に『多和田定雄《さだお》』という師匠の本名が記されていた。格子戸を開け、土間《どま》を見ると、夫妻のもの以外の靴は見あたらなかった。鏡也も呼ばれ、畳に這いつくばっている最中かとも思ったのだが、どうやらそうではないらしい。

「ええ、こんばんは。鏡治でございます。師匠からのお呼びで、馳せ参じました」

本当は呼ばれてなどいないのだが、少しでも忠義面《ちゅうぎづら》をするのが得策だと思った。

すると、ややあってから、白い割烹着《かっぽうぎ》姿のおかみさんが廊下に現れ、

「……ああ。いらっしゃい、鏡治さん」

名前は恵里子《えりこ》さんで、師匠よりも三つ下。体付きは小太り……のはずだが、わずかの間に少しやせてしまったように見えた。表情も冴えず、何だか歩くのも大儀そうだ。

「忙しいのに、申し訳ないわねえ。なかなか騒動が治まらなくて」

「いいえ、そんなことはございませんが……あのう、おかみさん、どこか体の具合でもお悪いのでは？」

「別に、どこが悪いというわけじゃないんだけど、やっぱり、黒ちゃんのことが心配でねえ。食いしん坊だったから、見知らぬ土地に迷い込んで、さぞお腹を空かせているだろうとか、そんなことばかり考えちゃって……」

顔を伏せ、深いため息をつく。見ると、両方の眼が少し潤んでいた。

鏡楽師匠が猫を引き取ると言い出した時、おかみさんは大反対をしたのだが、いざ飼い始めてみると、黒兵衛はおかみさんの方に懐き、完全にハマッてしまった。『ハマる』というのは『気に入られる』という意味の楽屋符牒である。

（おかみさんが猫煩悩というのも『火事息子』と一緒だ。武勇さんがいない心の隙間を、

いくらかでも黒兵衛が埋めてくれたんだろう。そして、今、逃げ出した猫に自分の息子の姿を重ね合わせ、『野たれ死にしているのでは』と思い悩んでいるわけだ。

弱ったなあ。慰めようがねえや。急いでいたから、手ぶらで来ちまったが、せめて好物の甘い物でも持参していれば……）

そんなことを考えている時、おかみさんがぱっと顔を上げた。そして、鏡治を見つめると、思いつめたような声で、

「道に迷って、飢え死にするのも怖いけど、どこかこの近くで殺されてるんじゃないか。そう思うと、いても立ってもいられないんだよ」

「こ、殺される？　それはどうも、穏やかではございませんが……」

「だって、心配したくもなるじゃないか。今朝も新聞に載ってただろう。わら店《だな》で、誰かに尻尾《しっぽ》を切られた野良猫が見つかったって」

おかみさんの口元が大きく歪み、眼からは涙がこぼれ落ちた。

「尻尾だの、足だの……もうこれで三匹めだよ。ひょっとすると、黒兵衛も同じ犯人に出会って、もう殺されちゃったんじゃないかしら」

「わら店って……ああ、地蔵坂《じぞうざか》のことですね。今度はあそこで見つかったんですか。今朝は何かと取り紛れて、朝刊を読み損なったので、そんな記事が載っていたことは存じませんでした」

神楽坂の途中、五丁目から六丁目に向かって左折すると現れるS字の坂である。正式名称は地蔵坂だが、その昔、わらやむしろを商う店が多かったので、地元ではわら店の方が通りがいい。ちなみに、以前はここに同じ名前の寄席があり、文豪夏目漱石《なつめそうせき》も足しげく通っていたと聞いた。

10

事の発端は今からちょうど一週間前。神楽坂でも最も繁華なことで知られる本多《ほんだ》横丁で、深夜、尻尾を根元から切り落とされた茶トラ猫が発見された。

『猫のひげを切ると、ネズミを捕らなくなる』などとよくいうが、尻尾には脊髄から続くさまざまな神経が通っているから、影響はさらに深刻で、切断によって歩行困難が引き起こされる場合がある。その猫がまさにそれで、身動きできなくなり、その場にうずくまっていたらしい。

第二の事件はその三日後。今度は善國寺の境内《けいだい》で、早朝に右の前足が欠けた白猫が見つかった。警察の鑑識が調べたところ、どちらも鋭利な刃物で切断された跡が歴然としており、偶然の事故などの可能性はないと考えられた。

おかみさんによれば、三匹めの被害者は三毛で、尾を切り落とされていたそうだ。

「とんでもないバカがいるもんですねえ。そんなことをして、何がおもしろいのか」

特に猫が好きというわけではないが、鏡治は憤慨した。

「鏡也のやったこともちろん悪いですが、尻尾や足を切るとなると、段違いに残酷な行為ですから」

「そうかしら。だってさ、鏡也のおかげで、黒ちゃんは危うく死にかけたんだよ」

「い、いえ、あの……はい。おっしゃる通りでございまして……」

いきなり鋭く突っ込まれ、しどろもどろになってしまった。

話の接《つ》ぎ穂《ほ》を失い、睨むような視線を受けながら、金縛《かなしば》りに遭っていると、

「おい、鏡治。来たのなら、いつまでもそんなとこにいねえで、さっさと上がってこい」

「あ、はい。承知いたしました」

鏡楽師匠から声がかかったのをいい潮に、お辞儀をして、靴を脱ぎ、家に上がった。

(ええと……聞かれて困るようなことは何も言わなかったよな。耳は達者だからなあ、うちの師匠は。眼はすっかり弱くなったが、小声で喋っていても全部聞こえちまうんだ)

視力が衰えた原因は稲荷町の師匠と同じ白内障で、かかりつけの先生からは早期の手術

を勧められていた。自宅にいる分には特に問題ないが、病気も高座から足が遠のく理由の一つであることは確かだ。

庭に面した廊下があり、右手にトイレ、浴室、台所、居間と並ぶ。二階は一間きりで、それが夫妻の寝室になっていた。

居間の奥に三畳の納戸《なんど》があり、突きあたりが師匠の部屋。ここは洋間なので、ノックをし、返事を待ってドアを開ける。

中は六畳ほどの広さで、奥の窓際に木製の机があり、左右の壁は作りつけの書架。窓が開け放たれていたので、ノブを引いたとたん、網戸越しに蝉の声が響いてきた。

鏡楽師匠は椅子にかけて机に向かい、後頭部が見えていた。ひげは時々そっているが、床屋にはめったに行かないので、伸び放題でバサバサの真っ白い髪は、しばらく前にアメリカで流行したヒッピーを思わせた。とにかく、噺家の頭ではない。

「ええ、師匠、お電話を頂戴し、とりあえず駆けつけてまいりました」

後ろ姿に向かって、立ったまま最敬礼をする。手前に座卓があり、そこで客と応対もできるようになっていたが、弟子が勝手に腰を下ろすわけにはいかない。

やがて、椅子がくるりと回転し、鏡楽師匠が鏡治の方を向いた。

「お前も忙しいだろうに、わざわざ足、を運ばせて悪かったな」

長身で、手も足も長く、若い頃のあだ名は『手長猿』。夏だから、身につけているのはグレーの作務衣《さむえ》。おかげで、それらの特徴がよけいに強調されていた。

　輪郭は面長、細い眼、『へ』の字を描いた口。肌の色が極端に悪いのは、明らかに酒のせいだ。飲むのは日本酒専門だが、朝からろくに食事も摂らずに冷や酒をやるから、やせてしまい、顔中しわだらけ。家で飲むだけならまだいいが、夕方から出歩くことも多く、それが何より家計に響くと、以前、おかみさんが嘆いていた。

「ただ、用事があるのは私なんだから、玄関先で、あいつと長話をするのはよせ。女は愚痴っぽいから、よけいなことまで言う」

「あ、はい。まことに申し訳ございませんでした」

「気が滅入るのなら、さっさと精神科の医者に診てもらえと、よく言ってるんだ。今は抗《こう》鬱剤《うつざい》という便利な薬があって、そいつを、処方してもらえば、嫌なことなんぞ、忘れられるからと……」

　不自然に言葉がとぎれたのは、机の上からコップを取り上げ、中の透明な液体を口に含んだから。電話の時よりさらに舌が回らなくなっているのは、もちろん鏡治が電車に乗っている間にも飲み続けたせいである。

「暑さにやられたのか、ここのところ、どうも、体の調子がよくない。とにかく、何もかもが、面倒になってしまった」

「何もかもが面倒に、とおっしゃいますと……」

「鏡也のやつを真打ちにしようという気力が、もうどこからも、湧いてこないんだよ」

(……まずいぞ、こいつは。師匠は本気《マジ》だ)

自分自身が経験したからよくわかるのだが、真打ち昇進の際には、本人だけではなく、その噺家の師匠も大変な苦労をさせられる。

都内には寄席が六軒あるから、披露興行だけでも二カ月続き、その間、毎日口上に並ばなければならない。しかし、それくらいはまだ序の口で、弟子の昇進に伴う雑用やさまざまな方面への配慮が大変なのだ。

(不始末をしでかした弟子をこの機会に切り、身軽になろうってわけか。まあ、気持ちはわからないこともねえ。鏡也が真を打つのは早くても六、七年後。今でさえこんな状態なんだから、その時、たとえ生きてたとしても、高座に上がれるかどうかあやしいもんな)

状況は絶望的だったが、立場上、このままあっさり引き下がるわけにもいかなかった。

「ええ、お伺いいたしますが、鏡也の破門については、もう変更の余地はないということでございましょうか」

師匠を怒らせては一大事だから、慎重に言葉を選びながら探りを入れてみる。

「いや……そうとまでは言い切れない。親御さんに、治療費も出してもらったことだしな」

電話での発言よりはややトーンダウン。ひょっとすると、まだ脈があるのかもしれない。

「すると、やはり決め手は、やつが黒兵衛を連れてこられるかどうかですね」

「まあ、そこだろうな。このまま行方知れずというのでは、お預かりした手前、稲荷町に対しても、面目が立たない」

「はい。確かにその通りですが、そこはきちんとお話しすれば……うわっ！　な、何だ」

思わず、ぎょっとなったのは、蟬の合唱に交じり、頭上でミシッという音が聞こえたからだ。

「あの、たった今、天井裏で、何か変な音が……」

言いかけた時、ノックの音がしてドアが開き、麦茶のコップが載った盆を携えたおかみさんが部屋に入ってきた。

「まあ、鏡治さん、立ったままじゃない。ほら、あなたもこっちへ来て、一服したら？」

促されて、二人は移動し、座卓を挟んで向かい合う。その周囲には藺草《いぐさ》を編んだ敷き物。おかみさんも師匠の脇に腰を下ろした。

鏡治の前にコップが置かれたので、会釈してそれを取ろうとすると、またさっきの奇妙な音。今度は頭の真上で、明らかに梁《はり》がきしむ音がした。

鏡治はうろたえたが、おかみさんの表情は変わらない。師匠はと見ると、完全に苦虫を嚙み潰している。

「あっ、そうだ！　もしかすると、黒兵衛が帰ってきているのではありませんか。前にも、ほら、何度か天井裏へ上がったことが……あぁっ！」

まさに、その瞬間だった。バリンと大きな音がして、さらには男の悲鳴とともに、天井板に亀裂が入り、革靴を履いた足がそこから突き出した。ゴミや木片などがテーブルの天板に降り注いでくる。

「こら、鏡也！ 何をやってるんだ？」

「……も、申し訳ありません、師匠」

心底情けなさそうな鏡也の声。脛《すね》のあたりまで踏み抜いた足は、もがいても、すぐにはどうにもならないらしい。

「師匠だと？ もう私は師匠なんかじゃない」

鏡楽師匠が立ち上がり、天井裏にいる弟子に向かって怒鳴《どな》った。

「お、お前は、やっぱり破門だ。噺家なんか辞めちまえ！」

11

「これは昔のお噺で、長崎《ながさき》のある浜で、名前の知れない魚が一匹捕れました。漁師が大勢集まりましたが、誰もが首をひねるばかり。これから網にかかった時、名なしでは困ってしまう。奉行所に行けばわかるだろうというので、手に提げ、やってまいりまして……。

『お願《ねげ》え申します』

『何だな』

『この村の漁師でごぜえますが、今日、漁に出ますと、こげえな魚が捕れまして……』」

神楽坂倶楽部の八月上席昼の部、鏡治の高座。今日が五日めだが、日曜日ということもあって、場内は満席で、立ち見も出ていた。

「『ほほう。しからば、この沖合で珍魚が捕れたのだな』

『いやあ。金魚じゃねえなあ。赤くねえもの』

『金魚ではない。珍魚じゃ！』」

ここで場内から笑い声が起きた。今日は入りがいいだけではなく、お客の反応も上々だ。

演じているのは『てれすこ』。長崎の漁師が捕った珍しい魚の名前を奉行所に尋ねに行くが、漁師にもわからないものがわかるはずがない。考えた末に、『魚《うお》の名を存じおる者は申し出よ。金百両の褒美を取らせる』とお触れを出す。

すると、その日のうちに多度屋茂兵衛《たどやもへえ》なる者がやってきて、問題の魚を見るなり、

「『これでしたら、確かに存じております』

『ほほう。しからば、何と申す魚じゃ？』

『テレスコでございます』

『な、何？　テレスコォ……？』」

派手に驚いてみせると、前の方の席に座っていた小学生くらいの男の子が大声で笑い出した。子供は音によく反応する。

『テレスコ』などという魚の名前は明らかに口から出任せだが、奉行所の役人だって、本当の名前を知らないのだから、とがめるわけにもいかず、百両の褒美を渡して引き下がらせる。

何日か経つと、また同じようなお触れが出て、多度屋茂兵衛が再びやってくる。魚の名を尋ねられ、『ステレンキョー』と答えるが、その直後、牢屋に入れられてしまう。実は、今度のは最初の魚を干しただけのもので、要するに罠《わな》だったのだ。

やがて長崎奉行直々《じきじき》の裁判となって、茂兵衛はお上を偽り、百両をだまし取った罪で打ち首と決まる。

処刑の直前、女房が乳飲み子《ちのみご》を連れ、会いに来るが、ひどくやつれていた。訳をきいてみると、夫が一日も早く青天白日《せいてんはくじつ》の身となるよう、水に溶いたそば粉だけを口にする火物《ひもの》断《だ》ちをしているのだという。

「『迷惑をかけて、すまない。これも因縁と思って、諦めてくれ。私はもうすぐ打ち首になるが、言い残すことがたった一つある。その子が大きくなっても、イカの干したのをスルメと言わせるな』

この言葉がお奉行の耳に入ります。

『おお。生でイカ、干してスルメか！　してみれば、生でテレスコ、干してステレンキョーで差し支えないな』」

さあ、いよいよサゲ。ここまで快調に語り進めてきた鏡治はさらにペースを上げ、

「『多度屋茂兵衛、言い訳は相わかった。その方に無罪を言い渡すぞ』

『えっ、あたくしが無罪？　あ、ありがとうございます！』

手の舞い足の踏《ふ》む所《ど》を知らずに喜んだ。スルメたった一枚のおかげで、命が助かった。これは助かるわけで……おかみさんが干物断ちをしましたから、アタリメエの話でございます』」

サゲを言い、お辞儀をすると、盛大な拍手。鏡治は上々の気分で、高座から下りた。

「よお。聞かせてもらったぜ。いい出来だったじゃねえか」

色物の楽屋の前を通ると、モニターの前にあぐらをかいていた山桜亭馬八《さんおうていうまはち》師匠が声をかけてくれた。

「あれえ？　兄《あに》さん、まだいらしたんですか。とっくにお帰りになったと思いましたけど」

馬八師匠は鏡治と同い年だが、入門が二年早い。今日は他の仕事の都合で正蔵師匠が休演し、代わりに馬八師匠がナカトリを務めた。

「『鏡治師匠がバケた、バケた』って、近頃、あちこちで評判だからな。ちょいと勉強さ

せてもらおうと思ったんだ」

「そんな……真面目な顔してからかうのは、よしてくださいよ」

『化ける』というのは、ぱっとしなかった芸人が、ある日突然売れ出すこと。戦後で言えば林家三平《さんぺい》師匠が典型的な例だが、それと鏡治とではあまりにも差がありすぎる。

「いや、からかってなんかいねえ。ああいう軽い噺でちゃんとウケたんだから、地力《じりき》は本物だ。俺が保証するぜ」

どうやら、まるっきりのお世辞でもないらしい。中入り直後の出番はまだ客席が落ち着かないため、軽めの噺で笑いを誘い、次の出演者に流れをつながなくてはいけない。さすが、『てれすこ』を選んだ理由をちゃんと理解してくれていた。

「どうも、ありがとうございます。そのお言葉を励みに、これからも精進いたします」

身に余る賛辞だと思ったので、その場に正座し、丁寧にお辞儀すると、相手はその反応に少し驚いた様子で、

「お、おい。よせよ。『たらちね』の女房じゃあるめえし、お前と偕老同穴《かいろうどうけつ》の契《ちぎ》りなんぞ結んだ覚えはねえからな」

それを聞いて、鏡治はつい噴き出してしまった。『偕老同穴の契りを結びし上からは千《ち》代八千代《よやちよ》に変わらせたもうことなかれ』は、例の女房が初夜の営みのあとで、布団の上に膝を揃えて座り、八五郎に向かって発した言葉である。

馬八兄さん……といつも呼んでいるのだが、兄さんは深川《ふかがわ》生まれ、深川育ちの江戸っ子で、若手真打ちの中では一、二を争うくらいに売れている。親分肌の気質で後輩の面倒見がいいため、鏡治もいろいろとお世話になっていた。

ややえらの張った顔の輪郭にぎょろりとした両眼、太い眉《まゆ》。左頬に大きなほくろがある。

「ああ、そうそう。申し遅れましたが、兄さんの『首提灯《くびぢょうちん》』、久しぶりに袖で伺いましたが、何とも結構でしたねえ」

こちらは一切のお世辞抜きで、鏡治は心の底から感嘆したのだ。

「お客が聞きほれてましたよ。あれ、たしか、稲荷町の直伝でしたよね」

12

『首提灯』も稲荷町の師匠の十八番の一つで、これまた当代一との評判が高かった。

「そうともさ。だから、もし出来がよかったとしても、別に俺の手柄じゃなくて、出所《でどこ》がいいせいだな」

馬八兄さんは五代目山桜亭馬春《ばしゅん》師匠の弟子だが、残念ながら、師匠は三年前に亡くなってしまった。その後はどこの一門にも属していないが、稲荷町の芸にほれ込み、いくつもの噺を譲り受けていた。

『首提灯』もそのうちの一つ。暗い夜道を歩いていた酔っぱらいがたまたま出会った田舎侍《ざむらい》に喧嘩を売り、さんざん毒づいたあげく、無礼打ちで首を切られてしまう。けれども、相手の剣の腕がよすぎたせいで、本人はそのことに気づかない。再び歩き始めると、首がだんだんずれてきて……正蔵師匠の演出は、どの台詞で首をどこまで曲げるかが精密機械のように決められていて、本当に首が地面へ落ちてしまいそうに見える。

さすがは直伝だけあって、馬八兄さんの高座も見事な出来で、最も大きな角度で首が曲がる場面では、最前列にいた若い女性客から小さな悲鳴が上がった。

「まあ、その話は置いといて……お前にちょいと用事がないわけじゃなかったんだ」

「あ、はい。そうですか。で、ご用というのは？」

「『てれすこ』の茂兵衛はスルメで命が助かったが、同じスルメのせいで、噺家として死にかかってるやつがいると聞いてな」

「あ、ああ。兄さんもご存じだったんですか」

「うん。特に三日前が一大事だったってな」

馬八兄さんがいたずらっぽい眼になる。

「鏡楽師匠の書斎の天井から、太い足がにょっきり出たてえじゃねえか」

「えっ？　もうそこまで……いやあ、悪事は千里を走りますねえ」

一門にとって名誉なことではないので、彼自身は誰にも話していない。噂の出所は間違いなく鏡也だろう。ひどいシクジリであればあるほど、誰かに聞いてもらって、少しでも肩の荷を下ろしたくなるものなのだ。

「そのあとが大変だったんですよ。天井板を踏み抜いた時、やつは脛を切っちまった。血がドクドク出てきて、もし止まらなければ救急車を呼ぶ騒ぎになるところでした」

「何だい。『がまの油』みてえだな。『血止めはないか』ってなもんだ」

これもうまい。大道で傷薬《きずぐすり》のがまの油を売る香具師《やし》が、刀で腕の皮を切ろうとして、深く切りすぎ、泣きべそをかく場面が、この噺にはあるのだ。

「うちの師匠が怒るのも無理ないんですよ。天井裏を探すよう命令はしても、穴まで開けろとは言ってませんからね」

「ごもっともだな。鏡也の野郎、このところ、ちょいと若い女《タレ》にちやほやされるようになったから、増長しやがって、どうも評判がよくねえ。タレも芸の肥やしには違えねえが、誰彼かまわず手を出してやがるみてえで、そのうち何か起きるのではと、気をもんでたんだ。お前も噂は聞いてるだろう」

「ええ。あたしも小耳に挟んだことがあったので、ちゃんと注意はしたつもりだったんですが……」

年が若く、男っぷりもいい鏡也は二つ目昇進以降、定期的に自分の会を開くなど積極的に活動の場を広げ、現在人気上昇中。今回の事件の背景には、やはりその慢心があったと考えられる。ちなみに、『タレ』は『女性』だが、同時に『女性性器』も意味するので、あまり上品な符牒とは言えない。

「だから、今回の件はやつにとっちゃいい薬さ。この機会に性根《しょうね》を叩き直してやりな」

「性根を叩き直すのは結構なんですが、今のうちの師匠の様子だと、ちょいと薬が効きすぎて、本当に噺家を辞めるはめになるかもしれません。あたしが大汗かいて取りなしたおかげで、今のところは首の皮一枚つながってますが……おや？　噂をすればナントヤラですね」

通路を足音が近づいてきたと思ったら、楽屋の入口にひょいと鏡也が顔を出したのだ。

「あっ、兄さん！　いやあ、よかった。会えて……ほっといたしました」

色物の楽屋へ飛び込んでくると、二人の前に正座し、深々とお辞儀をして、

「馬八師匠、ごぶさたをいたしまして、申し訳ございません。そして、あの、兄さん」

息を切らせながら、鏡也が言った。この世界の慣習で、自分が入門した時点で真打ちに昇進していた先輩は『師匠』、そうでなければ『兄さん』と呼ぶ。

「鏡治兄さん、先日は大変にお世話になりまして、まことにありがとうございました。今日は折り入ってお願いがあって、まいりました」

普段は兄弟子に対して、ここまで丁寧な言葉遣いはしない。特に最近は結構生意気なことも言うようになったのだが、事情が事情だけに、今日の態度は神妙そのものだ。

「おい、待てよ。願いの中身を聞く前に……どうなったんだ、黒兵衛様は？」

「それが、どう頑張っても見つからないんでございます。家の周りはもちろん隈なく、結構遠いところまで捜しましたが……」

鏡也が心底情けなさそうに眉を寄せる。いわゆる中肉中背《ちゅうにくちゅうぜい》だが、高校時代は野球部のエースだったと自慢するだけあって、筋肉質で引き締まった体をしている。顔も兄弟子とは大違いで、色白で細面《ほそおもて》。彫りが深く、二重の大きな眼が女性のようにやさしげな印象だ。

実家は阿佐ヶ谷《あさがや》でスーパーマーケットを経営していて、かなりの金満家らしい。お坊っちゃま特有の人のよさは確かにあるが、感情の起伏が激しく、わがままでルーズな一面もあった。

「あたくしがいくら謝っても、『連れてくるまでは許さない』の一点張りです。今日はもう、わらにもすがる思いで――」

「縁の下まで潜ってみたが、見つからなかったというわけかい」

「ええっ？　あの、おっしゃる通りですが……」

馬八兄さんにずばりと言いあてられ、鏡也は眼を丸くした。

「でも、師匠、どうしておわかりになったのですか」

「だって、一目瞭然じゃねえか。髪の毛にクモの糸が絡まってるもの」

「あれ……まいったなあ。鏡をよく見て、全部取ったつもりだったのですが」

鏡也はうんざりした表情で、頭のあちこちに手櫛を入れる。

「後ろの方だから、鏡には映らねえ。髪ってやつは、何かついたり、絡まったりすると、なかなか取れねえ。なあ、お前たち、俺はこれからトリネコに行くが……どうだい。つき合わねえか？」

まだ時刻が早いが、すでに店は開いている。残念ながら、鏡也はそれどころではなく、鏡也との話が済み次第、鏡治だけが向かうことになった。話が決まり、馬八兄さんは先に楽屋を出ていく。鏡也の用件というのは、明日の晩、新宿駅西口近くの寿司屋の二階で開かれる落語会に、代わりに出演してほしいというものだった。

「二つ目の代演に真打ちをお願いするなんて、筋違いも甚《はなは》だしいのですが、その寿司屋の大将が兄さんの大ファンでして、『どうしても頼んでみてくれ』と言い張るものですから。あたくしも、脇の仕事を急に入れたという弱みがございまして、断りきれませんで……」

「いや、体が空いてるんだから、行くのはかまわねえが、『急に脇の仕事を入れた』ってのはどういう事情なんだ？　おタロでもたんまり出るのかい」

「め、滅相もない！　そんな理由で、鏡治兄さんにご面倒をお願いするはずがないじゃありませんか」

鏡也は大げさに首を振ってみせた。『タロ』は報酬、つまり『ギャラ』である。

「実は、今晩の夜行で長崎へまいろうと思うのです」

「えっ、九州の……？　ふうん。今日はとことん『てれすこ』に縁があるなあ」

さっきのスルメの次は長崎だ。鏡治は苦笑せざるを得なかった。

「それにしても、まだ二つ目なのに、そんな遠方から声がかかるとは珍しい。俺だって、九州での仕事となると、今までにほんの二、三回しかないぜ。向こうに親戚がいる仲間からでも紹介されたか」

「それが、直接、お名指しいただきました」

「へえ、本当かい。じゃあ、『三光亭鏡也師匠を見込んで、ぜひお願いします』ってわけか。お前も売れてきたなあ」

「いえいえ。そんなことは……どこであたくしの名を聞いたのかは存じませんが、ただの物好きなんだと思います。で、頼まれた仕事というのが漫才さんの公演のゲストでして」

携えていたポーチから鏡也が取り出したのは、四つ折りにされたファックスだった。広げてみると、内容は一般的な出演依頼の文書で、会場は明日が長崎、明後日が博多《はかた》で、末尾に呼んでくれた漫才師の名前が記載されていた。

「ええと、マルシュウ、ジロウ、サブロウ……聞いたことのねえ家号と名前だなあ」

「あの、兄さん、あまりうまい字じゃないので、間違えるのも無理はありませんが、二文字めは優秀の『秀』ではないいんです」

「えっ……？　あっ、なるほど。確かに違ってるな」

『丸秀二郎、三郎』。最初、そう書いてあると思ったのだが、よく見ると、『秀』ではなく『禿』だった。

「だったら、マルハゲジロウに、マルハゲサブロウ……東京には絶対にないアクの強い芸名だ。やっぱり、頭が禿げてるのかい」

「はい。二人とも、まだ四十代前半らしいのですが、きれいにツルツルだそうです。体付きもジロウさんて人がずんぐりむっくり、サブロウさんがひょろりとしていて、長崎が地元ですが、福岡、佐賀あたりでも人気があって、テレビのレギュラー番組ももっていると聞きました」

「ははあ。そこまで見た目にインパクトがあれば、そりゃ売れるだろうな」

鏡治は感心してしまった。漫才コンビというのは、話芸も確かに大事だが、それ以上に外見がものを言う。チビやノッポ、デブ、ハゲなど、お互いの身体的な弱みをいじるのは定番のネタだが、そのうち二つが揃えば、舞台に出ていっただけで笑いが取れるだろう。

「どういういきさつかは存じませんが、まだ二つ目のあたくしをご指名いただくなんて、めったにないことですから、何とかその期待に応えたいと思いまして。明日の長崎は夜の公演ですが、明後日の仕事は昼間なので、博多を夕方に出る特急に乗れば、水曜日の午前中には東京に着きます。問題は明日の仕事だけなので、ご無理を申し上げて恐縮ですが、兄さん、何とかよろしくお願い申し上げます」

一気に言うと、切羽詰《せっぱつ》まった表情で、畳に額をすりつける。単なる落語会の代演の依頼にしては、どうも少し様子がおかしかった。

（もしかすると……こいつ、落語に見切りをつけて、漫才師にでもなろうってんじゃねえだろうな）

心の中で、そんな疑いがふと頭をもたげてきた。

（あり得ないことじゃねえ。もし鏡楽師匠から破門されちまえば、噺家を続けられないのはもちろん、たとえ漫才やコントに転向しても、東京の寄席の高座にはまず上がれない。だけど、場所が九州なら話は別だ。こいつはもともと、噺が好きというより、芸能人になりたかったみたいだし、早い話、保険をかけておくつもりなのかもしれないな）

問いただしてみたい気はしたが、下手をすると、追い詰めてしまうことにもなりかねない。迷いながら、鏡治はいったん開きかけた口を閉じた。

13

「……ああ。そういえば、聞いたことがあるな。博多あたりに二人揃って、若禿《わかはげ》の漫才師がいるって」

ビールのジョッキを傾けながら、馬八兄さんが言った。

「長崎が地元だったのか。たしか、誰か師匠がいて、その師匠もつるっ禿《ぱげ》だとか……何《なん》てったかなあ。名前は忘れちまったけど、古くから九州で活躍している漫才師の弟子なんだよ、その二人は」

場所は善國寺の裏にある焼鳥屋で、屋号を『鳥寅《とりとら》』といい、この近辺では名代の店だが、芸人仲間の通称が『トリネコ』。もちろんシャレもあるが、神楽坂倶楽部の席亭の息子、要するに若旦那の名前が寅市《とらいち》なので、多少遠慮して、そう呼んでいる部分もあった。

鏡治はこの店の常連で、神楽坂の寄席に出番のある時には、高座を終えたあと、二日に一度は立ち寄っていた。一門では、弟弟子の鏡也が下戸なので、兄弟弟子で酒を酌み交わすことができない。そういう意味でも、馬八兄さんは格好の飲み仲間だった。

時刻は午後五時半。カウンターもテーブルもほぼ満席で、店内には煙とともに鳥の脂が焦げる香ばしいにおいが漂っていた。

「だけど、妙ですよね。前座に毛が生えたみてえな二つ目を、高い汽車賃を払ってまで呼ぼうだなんて」

チューハイを飲みながら、鏡治が首をひねる。

「先方は、鏡也の高座を聞いたことがあるんでしょうかねえ」

「いや、それは誰かから噂を聞いたのかもしれないし……まあ、あってもおかしくはねえさ。『長崎から赤飯《こわめし》』なんて言ってた時代とは違って、今は毎日何便も飛行機が往復してるんだからな」

『長崎から赤飯が来る』は突拍子もないことのたとえで、『天竺《てんじく》から古褌《ふるふんどし》』とも言った。江戸っ子にとって、インドも長崎も感覚的には同じくらい遠かったのだろう。

「むしろ俺が驚いたのは、この騒ぎの最中《さなか》に、鏡也がわざわざ関門《かんもん》海峡の先まで出向く気になったことだよ。破門になるかどうかの瀬戸際で、頭にクモの巣をくっつけながら這い回ってたくせに、よくもそんな余裕があるな」

「ははあ、そっちですか。だから、ひょっとしたら、漫才に転向するつもりなのかなと思ったんですがね」

「ああ、なるほど。確かに、そうなのかもしれねえな」

カウンターの上の長皿から、砂肝《すなぎも》の塩焼きの串を取り上げ、横ぐわえにする。

「もともと、鏡也の野郎はテレビやラジオに顔を出して、手っ取り早く有名になるのが望みだった。それで最初《はな》、文輔《ふみすけ》師匠の弟子になったわけだからな」

柏家《かしわや》文輔師匠は当代でも指折りの人気落語家で、年は四十絡み。芸がいいのはもちろんだが、美男として名高く、俳優活動も盛んにしている。

「だけど、一年ももたずにクビを切られちまった。そして鏡楽師匠に拾ってもらったのに、破門になったら今度は漫才師だなんて、そうはイカのキンタマ……ああ、そうだ。親父さん、追加でキンタマを二本、あと、俺に酒！　冷やでいいぜ」

『金玉』とはものすごい注文だが、そういうメニューが本当にあるのだから仕方ない。向こう鉢巻きをした店主も普通に「へい」と返事をしていた。

噺家同士の会話というのは、途中に特殊な符牒や言葉遊びが挟まることが多い。『長崎から赤飯』や『そうはイカのキンタマ』がその類い。後者は単に『そううまくはいかない』と言いたいだけで、似たような例は『とんだところへ北村大膳《きたむらだいぜん》』とか、数え上げるときりがなかった。

去年、何かの宴会のあとで、馬八兄さんが南千住のアパートに寄ってくれたことがあったが、帰ったあと、妻の清子の感想は『すごくいい人だけど、何を喋ってるのかはよくわからなかった。普通に話してもらうわけにはいかないのかしら』。もっともな意見だとは思ったが、その時、酔っていた鏡治は『そうはイカのキンタマさ』と返したのだから、噺家の業《ごう》は深い。

「それにしても、大《だい》の大人が何人も右往左往してるんだから、たかが猫とは言えねえな」

兄さんが笑いながら、ちょうど来たコップ酒に口をつける。

「まあ、人懐《ひとなつ》っこい猫ではあったよな。俺がたまに顔を出してもすり寄ってきて、平気で体を触らせてくれた。猫の顔なんぞ、みんな似たようなもんだが、鏡楽師匠のおかみさんが値の張る餌を食わせてたから丸々と太り、毛艶《けづや》もよかったし、第一《でえいち》、烏猫だから縁起がいい」

「カラス、ネコ……？」

鏡治にとって耳慣れない言葉だった。

「何だい。知らねえのか。黒猫といっても、実際には胸とか腹に白い差し毛があることが多くてな、全身が真っ黒なのを烏猫と呼んで、昔の人は珍重したもんだ。魔除けになるし、福を呼ぶと考えられていて……だから、ほら、黒い招き猫があるじゃねえか」

「ははあ。そういえば、『百万両』なんて文字の入った小判を抱えてるのを見たことがあります」

「あとは、飼い主の労咳《ろうがい》が治るとも信じられていた。つまり、そういった連中にとっては、烏猫は大切なお守りだったわけだ」

「へえ。なるほど。ちっとも知りませんでした」

『労咳』は『肺結核』のことで、西洋では魔女の使いとされる黒猫が、日本では魔除けというのがおもしろい。馬八師匠は大の読書家で、博識なことでは仲間内でも定評があった。

そんな話をしているところへ、最前の兄さんの注文が運ばれてきた。

皿の上ではピンポン球を一回り小さくしたようなものが四つずつ串に刺され、白い湯気を上げている。イカに睾丸があるのかどうかは知らないが、たとえあったとしても、こんなに大きくはないだろう。正式なメニュー名は『イカの口の塩焼き』。球体は墨汁嚢《ぼくじゅうのう》と呼ばれるイカスミを蓄える器官だ。括約筋でできているため、コリコリとした歯応えが何ともたまらなかった。

鳥寅の名物をゆっくり味わい、塩気をチューハイで流してから、

「話は変わりますが、今日の兄さんの『首提灯』。楽屋でも申し上げましたけど、本当に感服しましたよ」

「何だい、急に。俺を取り巻いたって、祝儀は出ねえぜ」

この場合の『取り巻く』は『機嫌を取る』という意味だ。

「いえいえ。さすがは稲荷町の直伝だと思いましたし、こう言っては何ですが、まだ若い分だけ、勢いを感じました。それに、本編はもちろんですが、その前に不思議な小噺を振ってらしたでしょう。ほら、千住の仕置場《しおきば》が出てくる……」

「千住の仕置場？　ああ、そうか。確かに、あれだけは初耳かもしれねえ。ずいぶん昔に教わったんだが、噺のマクラに使うようになったのはつい最近だからな」

「あたしは毎日、あのあたりをうろついてるわけですから、特に興味をそそられました」

「ふうん。そうかい。『生首の酒』になあ」

「ナマクビノ、サケ？　へえ。そういう名前だったんですか」

小噺はとにかく数が膨大なので、呼び名がついている方がむしろ珍しかった。

「何とも不思議な筋立てで……あれは、どなたからお習いになったんです？」

そう質問すると、馬八兄さんは眉をひそめ、少し黙ったが、やがてゆっくりと口を開く。

「どなたって……教えてくれたのは、お前の師匠だよ」

14

「えっ？　うちの師匠から……そうだったんですか」

　予想もしていなかった言葉に、鏡治は大きく眼を見張った。

「弟子であるあたしでも、一度も聞いた覚えがありませんが……」

「珍品中の珍品で、鏡楽師匠もめったに演らなかったらしい。地方の仕事で一緒になって、楽屋で雑談してる時、『こんな小噺があるよ』と教えてくれたんだ。この間、それをひょいと思い出してな、『首提灯』のマクラにぴったりだと思って、使わせてもらったのさ」

「なるほど。うちの師匠にも、まだまだあたしの知らない引き出しがあったんですねえ」

『生首の酒』は、名前も変わっているが、舞台設定や筋立ても実に奇妙だった。

　夜の街を売り歩く燗酒屋《かんざけや》が道を間違え、千住の刑場に迷い込んでしまう。不気味な闇と静寂に耐えられなくなり、『おでんに燗酒ぇ！』とわめきながら急いで通り過ぎようとした時、『おい。燗酒屋』と声がかかる。

　妙にかすれていて、陰気な声音。恐る恐る提灯の明かりをかざしてみると、呼び止めたのは、何と処刑された男のさらし首だった……。

「あの小噺を、お前の師匠が誰から習ったかは、うっかり聞き漏らしちまったがな」

馬八兄さんが言った。本筋の芸を目指す落語家は常に噺の出所を気にする。

「カゼを使うのは鏡楽師匠の工夫だそうだよ。おもしろいと思って、そのまま演らせてもらってるんだ」

『カゼ』とは噺家の商売道具である扇子のことで、手ぬぐいは『マンダラ』。高座で使用されるのは無地の白扇だが、今日の高座で、馬八兄さんは開いた扇子を獄門台に見立て、首だけになった男が台詞を言う時には、それを水平にして胸元にあてがった。

もちろん表情や口調もそれらしく変えるので、不気味な雰囲気が醸し出され、演出効果は満点だった。

獄門は江戸時代の死刑の一種で、斬首したあと、はねた首を獄門台に載せてさらしものにする。板の下から五寸釘を二本打ち、そこへ首を差し込んで、周りを粘土で固めるのだ。

「自分の知識をひけらかすのが嫌いみたいで、楽屋で蘊蓄《うんちく》を傾けるなんてことはしないが、何か尋ねれば親切に教えてくれる。そういうお人だな。久しく聞いてねえが、『源平』だって、長井別当《ながいのべっとう》の一節が出てくるのはお前の師匠の高座では聞いたことが……そうか。

「ああ、斎藤実盛《さいとうさねもり》ですね。確かに、ほかの師匠の高座では聞いたことが……そうか。こっこっちも生首でしたねえ。偶然にしても、重なると、少し気味が悪いな」

意外な符合に、鏡治は苦笑した。斎藤実盛は平安時代末期に実在した武将で、武蔵国《むさしのくに》長井庄《ながいのしょう》を本拠とすることから、通称が長井別当。最初は源氏の家臣で、幼い子供だった木曽義仲の命を救ったことでも知られる。

そののち、平氏に仕えることになった実盛は義仲追討を命じられて北陸へ向かい、加賀《かがの》国篠原《くにしのはら》で行われた戦いで奮戦するも、ついに討ち死にしてしまう。

この時、ここが最期の地と覚悟した実盛は、すでに高齢のため、真っ白になっていた髪を黒く染めて出陣していた。したがって、首実検の際、義仲はそれが実盛のものであることに気づかず、近くの池の水で洗わせて、初めて恩人の首であることを知り、涙にむせんだという。

「ご存じかもしれませんが、うちの師匠の故郷は埼玉県熊谷市でしてね、昔で言えばまさに長井庄なんですよ」

「ああ、そうだったな。聞いたことがある」

「まだ二つ目の頃、『源平』を地元で演って、『お前は熊谷の出身のくせに、なぜ長井別当が出てこないんだ』と叱られたので、いろいろ調べてこしらえ上げたんだそうです」

「なるほど。池で首を洗って、墨が落ちるところなんざ、いかにも講談調で結構だった。あれだけの芸があるんだから、何とか気を取り直して、もう一度高座に上がってくれるといいんだがなあ」

「私も同じ気持ちですが、そのためにはまず酒を断たないと……おかみさんも一時は相当口うるさく注意してましたが、もうすっかり諦めちまったみたいです」

「酒となると、俺もあんまり偉そうなことは言えねえけど、芸に差し支えるようじゃまずいよな」

「はい。何とかしたいとは思うのですが、弟子という立場ではどうしようもありません。何か、うまい方法でもあれば――」

「あっ、そうだ！　いいことを思いついたぞ」

馬八兄さんが急に右手を上げ、鏡治の言葉を遮《さえぎ》る。

「稲荷町にご出馬いただいたらどうかな」

「えっ？　そりゃあ、うちの師匠にとっては大恩人ですし、正蔵師匠の方でも気にかけてくださっていましたから、お願いできればありがたいですが、ちょいとずうずうしいような気も……」

「大丈夫《でいじょぶ》だよ。俺からも口添えしてやるから」

馬八兄さんは胸を叩いて、請け合ってくれた。

「稲荷町はとにかく懐が深くて、酸いも甘いも万事心得ているお人だからな。それに、お前は知らないかもしれねえが、あの師匠はシャーロック・ホームズも裸足《はだし》で逃げ出すほどの名探偵で、今までに解決した事件がいくつもあるんだぜ」

「へえ、そうなんですか！　それはまったく存じませんでした。実は鏡也の件についても、稲荷町に相談に伺おうかと考えていたところだったんです。元はといえば、黒兵衛はあそこの飼い猫だったわけですから」

「もっともだな。じゃあ、そいつを含めて、俺から話をしておこう。大船に乗った気でいな」

「お心遣いいただき、ありがとうございます。助かります」

一応年は同じなのだが、先輩だけあって、こういうところは実に頼もしかった。

馬八兄さんはコップの酒を飲み干すと、すぐに次の一杯を注文し、

「まあ、俺の考えでは……さんざん酒の肴《さかな》にしといて、こんなことを言うのもおかしいが、鏡楽師匠は鏡也の首をはねたりはしねえと思うぜ」

「えっ？　なぜですか。だって、すごい剣幕でしたし、それに、そもそも弟子に取る時だって、『ご贔屓のお客様から頼まれて断れない』とさんざんこぼしていましたけど……」

「そりゃ、弟子の前ではそう言うさ。もう年も年だったから、照れもあっただろうし。だけど、鏡也の入門のすぐあとで、楽屋に俺と二人きりでいる時、独り言みてえに言ってたぜ。『せがれを噺家にしてやらなかった罪滅ぼしだと思って、何とか一人前にしないといけない』ってな」

「……そんなことが、あったのですか」

師弟の関係というのは微妙で、最も身近にいるせいで、本心が窺《うかが》い知れないことがよく

ある。

鏡治がグラスを手に考え込んでいると、馬八兄さんがその手を脇から軽く叩き、

「ほら、もっと飲めよ。ビールなんぞじゃ、はかが行かねえだろう。親父さん、梅割り二つだ。あと、皮とレバー、それにせせりを塩で二本ずつ焼いてくれ」

15

チューハイから日本酒、最後は芋焼酎のロックと飲み続け、あっという間に午後八時を過ぎた。後半の話題はほとんどが落語で、どう演出を変えれば、埋もれかかっている噺に新たな命が吹き込めるか。そんなことを喋っていると、驚くほど速く時間が過ぎてしまう。

例えば、人情噺の『心眼』といえば、八年前に亡くなった八代目桂《かつら》文楽《ぶんらく》師匠の代表作だが、『あれの後半をちょいと変えたら、お客が腹を抱えて笑うような滑稽噺にならねえかなあ』。兄さんがそんなことを言い出すと、それだけで、一時間くらいはあっという間だ。

「おう。もう八時を過ぎたか。ここで所帯をもとうってわけじゃねえんだから、そろそろ河岸《かし》を変えるか。本多横丁あたりへ行ってみようじゃねえか」

促され、鏡治も立ち上がる。いつもいつもご馳走になって申し訳ないとは思うが、この

世界は順送りだ。もう少し稼げるようになったら、その分、後輩におごってやればいい。『鳥寅』と白く染め抜かれた暖簾《のれん》を跳ね上げ、外に出て、とりあえず神楽坂に出ようと歩き出した時、

「あの、申し訳ありません。三光亭鏡治師匠でいらっしゃいますか」

路地の奥の暗がりから声をかけられ、ぎょっとして立ち止まる。

「え……あ、はい。鏡治はあたくしですが……」

眼を凝らすと、彼を呼び止めたのは開襟《かいきん》シャツに黒ズボンという服装の小柄な人物で、オールバックの髪はもちろん、眉まで真っ白。年齢は、六十代後半くらいだろうか。

「こんなところで申し訳ありません。テケツで伺ったら、たぶんこちらじゃないかと言われたものですから」

『テケツ』は、木戸口のすぐ脇にある寄席の入場券販売所。『チケット』のなまりだと聞いたことがある。

(符牒を使うくらいだから、寄席の関係者かな？　あまり芸人らしくはねえけれど……)

そんなことを考えていると、相手は鏡治を真っすぐに見つめ、

「暗いので、身分証明書はあとでお見せしますが、私、神楽坂署の平林《ひらばやし》と申します」

「えっ、神楽坂署……？　じゃあ、刑事さんなんですか」

相手は無言でうなずく。外見からは想像もつかないが……しかし、改めて見直すと、背

丈のわりには胸元に厚みがあり、鍛えた体であることがわかった。

まだ現役だとすると、五十代のはずだが、そうとは思えないほど老けている。神楽坂警察署は外堀《そとぼり》通りに面し、坂の起点となる神楽坂通りとの交差点近くにあった。

（特に後ろ暗いことをした覚えはないが……まさか、仲間と時たま遊びでやってる賭《かけ》麻雀《マージャン》の一件じゃねえだろうな）

我ながら気が小さいとは思ったが、心配しながら、相手の顔色を窺っていると、

「よお！　誰かと思ったら、サダキッつぁんじゃありませんか」

勘定を済ませ、遅れて店から出てきた馬八兄さんが笑顔で右手を上げる。

「こんな遅い時刻まで、お仕事、お疲れさまです」

「え……あの、兄さん、お知り合いですか。刑事さんだそうですけど」

「い、い、い、モチのロン。昵懇《じっこん》の間柄《あいだがら》だ。お前もぜひお近づきになっといた方がいいぜ。こちらはヒラバヤシサダキチ様。神楽坂署にこの人ありと言われる敏腕刑事《デカ》だ」

『平林定吉』……漢字は違うかもしれないが、それにしてもすごい名前だ。『タイーラバヤシかヒラリンか』という言い立てがある『平林』は前座噺の代表格だし、小僧の定吉は言うまでもなく、お店噺《たなばなし》のスーパースター。

「それだけじゃねえぞ。平林さんはな、短《みじ》っけえ間ではあるが、稲荷町の弟子だったんだ。鏡楽師匠もいわば同門だから、お前から見ると、さしずめ叔父にあたるお方さ」

「へえ、そうだったんですか。稲荷町の……」

鏡治はまじまじと小柄な刑事を見直した。『叔父』はあくまでも芸の系譜の上での話だが、もし本当だとしたら、きちんと礼を尽くす必要がある。

「馬八師匠、いくら何でもシャレがきつすぎますよ」

平林刑事は唇を少し歪めるようにして笑い、それから、鏡治の方を向いて、

「酔ってお話しになっていることですから、どうか鵜《う》呑《の》みにされませんように。それよりも、実は私、鏡治師匠にちょっとだけ伺いたいことがありまして」

「あ、そうですか。もちろん、かまいませんが……」

少し困って、馬八兄さんの方を向くと、「だったら、今夜は一軒でおつもりにしようぜ」。

『おつもり』は『御納杯』の意味。兄さんは軽く手を振り、その場から去っていった。

「何だか、気を遣わせてしまいましたねえ。せっかくお楽しみのところだったのに」

後ろ姿を見送ってから、平林刑事が言った。そして、

「間違いは速やかに訂正すべきだと思うので、申し上げますが、私は正蔵師匠の元弟子などではありません。二十五歳の時、弟子入りを許されたのは事実ですが、その次の日には破門されてしまいましたから」

「ええっ？　たった一日で、ですか」

「はい。原因は私の至らなさで、きちんと警察官を辞めてから行けばいいものを、泥縄で

退職願を提出したせいで、当時の署長が師匠に電話してしまったのです。翌日、顔を出したら、『〈警官として、まことに前途有望な若人《わこうど》だ〉と署長さんが話していたよ。今の仕事を続けた方がお国のためだね』と諭されてしまいました」

「ははあ、なるほど。そういうご事情だったのですか」

しかし、正式に入門が認められたのであれば、馬八兄さんの話も嘘とは言えない。前職が警官という漫才師はいるが、噺家は聞いたことがないから、そのまま続けていればと、何だか惜しい気がした。

「我々の場合、必ず二人組になって捜査を行うのが原則です。したがって、今日伺ったのは一応プライベートということになりますので、そうご理解いただければ幸いです。ご酒《しゅ》がお好きなようなので、どこかで一献差し上げたいところですが、あいにくこれから署へ戻らなければなりません。ただ、立ち話をするにしても、ここではきょうだいで引っ越しの相談をしてるみたいですから、もう少し明るいところへ出ましょう」

そう言うと、踵《きびす》を返し、歩き出す。兄妹《きょうだい》で引っ越しの相談をしているところを色恋と間違えられて水をかけられる、というのは、『風呂敷《ふろしき》』という噺のマクラだ。さすがは一時プロを目指しただけあって、平林刑事は相当な落語通らしい。

16

連れていかれた先は善國寺だった。ここは山号寺号を定めたのが神君家康《いえやす》公という日蓮宗の古刹《こさつ》で、参詣人の数も多い。午後九時を過ぎたせいか、境内に人影は見あたらなかったが、夜間お参りに訪れる人のための照明が周囲を明るく照らしていた。

砂利を踏みながら本堂の近くまで進む。石段の手前には、狛犬《こまいぬ》ではなく、一対の虎の石像。通称は『石虎』で、これが置かれている理由はご本尊である毘沙門様が寅の年、寅の日、寅の刻に降臨されたという言い伝えがあるためだ。

拝殿に向かって右、阿形《あぎょう》の石虎の脇で、平林刑事は立ち止まり、警察手帳を取り出して、鏡治に確認させてから、

「鏡治師匠の高座はずいぶん伺ってますよ。近頃はますますご活躍で何よりです」

そう言って、平林刑事がほほ笑む。落語の話題になったせいか、思いがけないほど人懐っこい笑顔だった。

「師匠譲りの『唐茄子屋政談』とか、ちょっとすごみのある『もう半分』なんかもいいですが、私はあなたの軽い噺が好きでしてね。ついこの間も『たらちね』を伺いましたが、大変に結構でした」

その言葉を聞き、鏡治は驚いた。『たらちね』を得意にはしていたが、『自分のことを喋ってやがる』などと仲間から冷やかされるため、寄席の高座ではあまり演っていない。もしかすると、この刑事はかなりの頻度で寄席通いをしているのかもしれなかった。

しかし、平林刑事はすぐに表情を引き締めると、

「こんな場所ですから、長話もできません。そろそろ本題に入らせていただきますが……ほら、ちょうどあのあたりなんですよ」

そう言って指差したのは、本堂のすぐ右脇だ。

「は、はい？　あのあたり、と申しますと……」

「七月二十八日土曜日の午前五時四十分頃、日課のジョギングの途中、お参りするためにここを訪れた近所に住む六十一歳の男性が、あそこで右の前足が切り落とされ、動けなくなった白猫を発見したのです」

「あっ！　そうでしたね。はい。もちろん存じております」

確かに、事件はまだ未解決のままだ。ひょっとすると、夜とはいえ、境内に人気《ひとけ》が絶えているのはその影響なのかもしれなかった。

「申すまでもありませんが、動物虐待は立派な犯罪です」

平林刑事が淡々とした口調で言った。

「今から六年前、『動物の保護及び管理に関する法律』が施行されまして、動物をみだり

に殺し、あるいは傷つけた者は一年以下の懲役または百万円以下の罰金に処せられます。それに加え、この境内には近所の子供たちも毎日遊びに来ていますから、もし犯人が猟奇的な嗜好のもち主だとすると、今後、そちらにまで被害が及ぶ可能性があります。そんなこともあって、うちの署でも捜査に力を入れているというわけです」

「なるほど。それはまことにごもっともですが……」

相手の顔色を窺いながら、鏡治は言った。

「その事件とあたくしと、一体どういう関係があるのでしょう？　まさかとは思いますが、何らかの理由で、警察はあたくしが犯人だとでも――」

「滅相もありません。鏡治師匠が下手人《げしゆにん》だと疑う者など、うちには一人もおりませんから、どうかご安堵《あんど》ください」

鏡治の言葉を途中で遮り、平林刑事が右手を振った。時々、時代劇の台詞のような言い回しが顔を出すのが、きっとこの刑事の個性なのだろう。

「事情はこれからご説明しますが……その前に、ちょいと不思議なことがありましてね」

「はあ。不思議なこと……それは、何でしょう？」

「第一と第三の事件の場合、被害者である猫と一緒に切断された尾も見つかったのですが、我々の捜査では、この境内で前足を発見することができませんでした」

「すると……つまり、切った猫の足は犯人が持ち去ったわけですね」

「そう決めつけることはできません。やはりそこが人間の傷害事件との違いでしてね、捜したことは捜しましたが、人手と時間の都合で手つかずの場所も多い。例えば、この本堂の縁の下へ投げ込んだ可能性なども否定できません。

ただ、残り二つの事件では、切断された尻尾がそのまま道端に放置されていましたから、犯人が持ち去った可能性は高いと考えられます。シュコンキュウのやや上部で切られていましたから、長さは六センチほどと推定されますが」

「はい？　シュコン、キュウ……何ですか、それ」

「ああ、すみません。いきなりではご理解いただけませんよね」

平林刑事が顔をしかめながらうなずく。

「実は猫の肉球にもそれぞれ呼び名がありましてね。前後の足でも違うのですが……説明によると、前足の場合、爪に近いところから指球《しきゅう》、掌球《しょうきゅう》とあり、人間で言えば手首の付近にあるものを手根球と呼ぶ。この境内で発見された猫はその少し上あたりを、剪定バサミのような鋭利な刃物でばっさり切り落とされていた。

「幸い、この坂の下にある動物病院の院長さんが猫好きで、被害に遭った猫たちを引き取り、義足までこしらえて面倒を見てくれています。もしそういう奇特な御仁がいなければ、今頃は殺処分になっていたかもしれません。そういう意味でも、許しがたい犯罪です！」

「ええ、おっしゃる通りですが……話が戻って恐縮です。猫の連続虐待事件の捜査をされているあなたが、なぜあたくしのところへいらっしゃったのでしょう？」

「あっ、これは申し訳ありません。私も猫好きの一人として、義憤を感じたものですから。それでは、いよいよ……」

平林刑事がズボンの右ポケットに手を入れ、細長い物体を引きずり出す。

見ると、何と、それは高座扇だった。

（マクラを終え、本題に入る時、カゼを取り出す噺家が多いが……うーん。だいぶ変わり者の刑事のようだな）

「鏡治師匠、ここからの話は、ぜひご他言無用でお願いしたいのですが」

「……そうですか。はい。承知いたしました」

相手の意図が読めないので、不安で仕方ないが、とりあえずはそう返事するしかない。

「ではお伺いしますが、鏡楽師匠という方は本当に猫がお好きなんでしょうか」

「は、はい？　いや、急にそんなことをきかれても……」

鏡治は狼狽《ろうばい》した。てっきり自分自身のことを何か質問されると思い込んでいたので、とっさに反応ができなかったのだ。

「あの、すると、まさか警察では、うちの師匠が猫虐待の犯人だとでも……」

「そう一足飛びに先へ行かれても困ります。ものには順というものがありますから。まずはこちらの質問に率直にお答えいただけると、ありがたいですね」

「そ、そうですか。だったら、もちろん師匠は猫好き……ええと、まあ、嫌いなことはないと思いますが……」

即座に肯定しようとして、答えがぐずぐずになってしまう。改めて考えてみると、はっきりイエスと答えるだけの自信が湧いてこなかった。

(そう言われれば、黒兵衛に対する態度はどこか素っ気《そけ》なかった。膝に抱いてる姿なんか見たこともないし……それに、あの猫をもらうことに決めた理由も、一番には稲荷町の師匠への義理立てだった気がする)

だが、立場上、はっきりした返事はしづらい。慎重に言葉を選びながら、鏡治は口を開いた。

「とにかく、おかみさんが黒兵衛を溺愛して、なめるようにかわいがっていましたので、鏡楽師匠は出る幕がなかったというのが実際のところでしょう。それ以上、師匠の心の内側までとなると、あたくしにはわかりかねます」

「なるほど。ありがとうございます。では、私の方でも鏡治師匠を信用して、少しだけ手持ちの札をお見せしたいと思います」

元噺家の刑事は右手に持った扇子を左手の手の平にポンと打ちつけると、

「赤城《あかぎ》神社の近くの路地の奥に、年配の女性が経営するスナックがあって、鏡楽師匠はその店の常連だそうですが、ご一緒されたことはありますか」

赤城神社は神楽坂を上った先にあり、牛込《うしごめ》総鎮守と呼ばれているが、その近辺に師匠のなじみの店があるという話は聞いていなかった。

「いいえ、まったく存じません。ここ何年かに限って言えば、師匠が外で飲む時には必ず一人で、弟子を連れ歩いたりはしませんでしたから」

「そうですか。とにかく、その店のママから署に電話がありました。昨夜の午後十一時半頃、鏡楽師匠が来店されましたが、完全な泥酔状態で、ほとんど何を喋っているか、わからなかったそうです。ただ……」

平林刑事はそこで不自然に間を置き、鏡治を睨むように見据える。そして、

「ただ、一つだけはっきり聞き取れたところがありました。鏡楽師匠は服のポケットから長さ六、七センチ、白くて毛むくじゃらの物体を取り出し、ママに向かって、『これは切り取った白猫の前足だ』と言ったそうなのです」

17

（師匠があちこち一人で飲み歩いてるのは知ってたが、スナックでママに絡んで嫌がられてたとはなあ。そうなると、アル中もいよいよ重症だ）

照りつける夏の日差しの中、暗澹《あんたん》たる思いを抱えながら、鏡治は大久保通りを西へ歩い

ていた。

（いや、そんなことより、まず問題なのは師匠が本当に動物虐待事件の犯人かどうかだ。今でこそ世間から忘れられかけているが、一時はあれだけ売れた人だから、万一逮捕されれば大事件だ。残された弟子二人は針のむしろ……勘弁してもらいてえなあ、まったく）

気分がふさぎ、足は鉛のように重く、まるで自分が老人にでもなった気がした。

突然現れた神楽坂署の刑事から、衝撃の事実を告げられた三日後の水曜日。この間、鏡治は思い悩んだあげく、とりあえず師匠宅へ様子を窺いに行ってみることにした。厳重に口止めされているから、警察が捜査中という情報を漏らすわけにはいかないが、いても立ってもいられなくなったのだ。

平林刑事の話によると、八月四日の深夜、鏡楽師匠は白い毛で覆われた謎の物体をママに突きつけ、『白猫の前足だ』と宣言したあとで、『肉球がちゃんとついているから、触ってみろ』と言ったそうだ。

ママは気味悪がって手を出さず、したがって、実際に肉球があったかどうかも不明だが、爪らしきものは認められたので、ママは師匠が問題の事件の犯人だと確信し、慄然《りつぜん》となった。そして、迷ったあげく、翌日の午後、警察に電話で通報してきたというわけだ。

やがて筑土八幡町に着く。路地を入り、鏡治は暗い気持ちで師匠宅の玄関に立った。

（さて、どうやって師匠に探りを入れようか？　いや、まずはその前におかみさんだな。

あれから、さらに落ち込んでいるはずだから、何とか元気づけないと……）

二回深呼吸をしてから、引き戸を開け、努めて明るい声で、

「ええ、こんにちは。鏡治でございます」

「はーい。ちょっと待ってちょうだいね」

この時、鏡治はまず最初の違和感を覚えた。

（この前来た時には、声をかけても返事がなかったが、今日は即座に……おおっ！　な、何だ）

廊下に現れたおかみさんは、割烹着などではなく、白いブラウスに臙脂《えんじ》のスカート、胸元には真珠のネックレス。明らかによそ行きの服装だ。しかもばっちり化粧をして、胸を張って歩いてくる。狭い廊下がまるでファッションショーのランウェーに見えた。

「あら、鏡治さん、いらっしゃい！　悪いんだけど、私、これからすぐに出かけなくちゃならないのよ」

表情も口調も前回とはまるで違い、暗さなどかけらも感じられなかった。

「あなたにお茶を出してると遅くなるから、自分でいれてくれないかしら」

「それは、もちろん結構でございますが、あの、おかみさん、どうかされて……あっ、ひょっとして、黒兵衛が帰ってきたのですか？」

この激変ぶりから推して、それ以外の可能性はあり得ないと思ったのだが、

「えっ？　いや、まだ帰ってきやしないけど……とにかく、時間がないのよ。師匠は奥にいるから、とにかく上がってちょうだいな」

早口でそう言うと、廊下からさっと姿を消してしまう。

鏡治は訳もわからず、立ち尽くしていたが、やがてはっと息を呑み、両手を打つ。

（わかった！　抗鬱剤だ。何とかって薬は一昔前のヒロポンみたいによく効いて、別人みたいに元気が出ると聞いた。きっと、師匠からきつく言われて、病院へ行かされたんだろう）

独りで納得しながら靴を脱ぎ、廊下を歩いて、書斎の前に立つ。

（……待てよ。まさか、師匠まで同じ薬を服用したなんてことはねえだろうな）

不安を感じながら、ドアをノックし、返事を待ってノブを引く。

見ると、鏡楽師匠は奥の机ではなく、座卓のところであぐらをかいていた。

「おう。鏡治じゃないか。出番の前に寄ってくれたんだな」

「あ、はい。いやあ、相変わらずお暑いことで……」

ハンカチを取り出し、首筋の汗を拭《ふ》きながら相手の様子を観察してみたが、よくわからない。元来がポーカーフェイスで、感情を外へ出さない人なのだ。

鏡也が踏み抜いた天井の穴はもちろん塞がっているが、板を交換したのは割れた部分だけなので、全体として色がちくはぐになっていた。

「まだ少し時間が早いんだろう。立ってないで、そこに座ったらどうだ」

「はい。ありがとうございます」

今日は酒のにおいがしない。座卓の上に載っているのも、ガラスのコップではなく、湯飲みで、中身もお茶のようだった。

師匠の向かいに正座すると、表でクラクションの音。たぶん、タクシーだろう。

「すみません！　出かけてきますから」

おかみさんの声と荷物を引きずる音。

「あとのことは、よろしくお願いしますね」

「……何だ。せっかく鏡治が来てるのに、茶も出さないで」

「い、いえ、大丈夫でございます。それくらい、自分でいたしますから」

師匠が不機嫌になるのが嫌で、あわててその場を取り繕う。藪蛇《やぶへび》になるのが怖くて、おかみさんの向かった先を尋ねることができなかった。

すると、師匠は少し渋い表情になって、

「まったく困ったやつだ。もうすぐ帰ってくるんだから、せめて、それから出かければいいものを」

「帰って、くる……？　あの、どなたが、ですか」

「だから、猫がだよ」

「ええっ？　まさか、そんな……」

あまりにも意外な展開に、鏡治は面食らってしまった。

「あのう、すると、行方不明になっていた黒兵衛が見つかったというわけですか」

「うん。これから、鏡也が連れてくるそうだ」

鏡治は二の句が継げなくなってしまった。代演を頼みに来た時、聞いた話によると、確かに今日の午前中には東京に着いているはずだ。

（だけど、この家の天井裏や縁の下まで捜してもいなかった猫を、一体どこでどうやって見つけたんだろう？）

「そうだ。鏡治、お前に話しておきたいことがある」

「はあ……あっ、申し訳ございません。ぼんやりしてしまいまして……で、お話というのは？」

「来月、いや、再来月あたりからかな、一門が賑やかになりそうなんだ」

「とおっしゃいますと……新たに弟子をお取りになるわけですか」

これも相当な驚きだった。いまさら、自分に弟弟子がもう一人できようとは夢にも思わなかった。

「いや、そうじゃない。弟子ではなく、客分だよ。色物なんだ」

「ああ、なるほど。そういうことでしたか」

関西では事情が異なるそうだが、色物の芸人はそれなりの地位にある落語家の一門に所属しない限り、なかなか東京の寄席には出演できない。鏡楽師匠の場合、現在は引退同然の状態であるが、香盤《こうばん》と呼ばれる序列上では幹部に近い位置にいるので、客分を迎えたとしても問題はなかった。

「賑やかになるのはまことに結構です。色物にもいろいろありますが、芸種は何でございましょう?」

「漫才だよ。うちの協会では今、腕のある漫才が足りないから、ちょうどいいと思ったんだ。ずっと九州で活動してたんだが、東京で腕を磨きたいという意向でね」

「九州……では、もしかして、一門に加わる漫才師というのは――」

鏡治が膝を進め、問いかけようとした、その時だった。

「ええ、ごぶさたをいたしました！　ただ今、黒兵衛様を無事にお連れ申し上げました」

玄関の方から、張りのある鏡也の声が聞こえてきた。

18

「来たようだな。おーい！　鏡也、いいから、早く上がってこい」

玄関に向かって、鏡楽師匠が叫ぶ。しばらく聞いた覚えのないほど機嫌のいい声。行方不明だった猫が戻ってきたのだから当然かもしれないが、鏡治はやはり違和感を覚えた。

「師匠、どうも……おや？　鏡治兄さんもいらしてたんですか」

鏡也が書斎に入ってきたが、こちらも前回とは打って変わって、生き生きとした表情。

鏡治の右隣に正座すると、携えていた籐《とう》のバスケットを自分の左脇に置く。

「あの……師匠、おかみさんは？」

「ちょっと前に出かけちまったよ。自分で車を呼んでな」

「じゃあ、さっきすれ違ったタクシーが……そうでしたか。それは惜しいことをいたしました。喜ぶお顔を拝見したかったのですが」

違和感がますます増大する。黒兵衛の無事な姿を見れば、それは喜ぶに決まっているが、おかみさんはなぜかその前に上機嫌で、いそいそと出かけていった。

(それに、師匠と鏡也の会話も何か不自然……俺の気のせいなのかなあ？)

首を傾げながら、問題のバスケットを見つめる。蔓《つる》を編んだ隙間から、何か黒っぽい物体が覗いていた。さらに、耳を澄ますと、中でごそごそ動き回っている音がする。

「これが……おい、鏡也。黒兵衛を一体どこで見つけたんだ？」

「八幡様の境内です。拝殿の縁の下に隠れていたのを、引っ張り出してきました」

「八幡様の、縁の下だ？　そんな近くにいたのか」

灯台下《もと》暗しとはいうが、それにしても、ずいぶん近い。師匠の命令で、鏡也は近所を隅から隅まで捜したはずで、もちろん八幡様の境内も捜査済みのエリアに含まれていたはず。ただし、猫がいったん町内を離れ、また舞い戻ってきた可能性は否定できない。

「だけど、お前は昨日まで長崎にいたんだろう」

「はい。昨日の夕方、博多駅で寝台特急に乗り込みまして、東京駅に着いたのが午前十時過ぎです。それから取るものも取りあえず、もう一度この近辺を捜し回ったところ、八幡大菩薩様のご加護で発見できたというわけでございます」

「八幡様のご加護も何も……そうかい。そりゃ、まあ、よかったよな」

できすぎた話だとは思うが、喜んでいる師匠の前であまり詮索しすぎると、下手をすれば、今度は自分がしくじってしまう。適当なところで、やめた方が無難だ。

「じゃあ、早速だが、出しておくれ。さっきから、中であわただしく動き回っている。きっと不安なんだろう。自分の家に着いたとわかれば落ち着くはずだから」

「はい。承知をいたしました」

うなずいた鏡也がバスケットの蓋《ふた》に手をかけ……その時、ふと気づいたのだが、左手の真ん中三本の指の爪に何か黒いものが付着していた。

止め具を外し、蓋を開ける。そして、両手を突っ込み、中から問題の物体を取り出した。

（ん？　これは……まあ、烏猫には違いねえようだが……）

床に下ろされたのは、全身の毛が真っ黒な一匹の猫。それは確かだが、何となく、顔付きや体形が違っているような気がした。

「これが……黒兵衛か？　それにしては、何だか、面《つら》が細長《ほそなげ》えんじゃねえか」

「朝露にあたって、伸びちまったんですよ」

「ばか野郎！『粗忽長屋《そこつながや》』じゃねえぞ。真面目に答えろ」

「でしたら、真面目なことを申し上げますと、この家から逃げてかれこれ三週間、まともに餌を食べてないので、やせちまったんです。毛の艶が悪くなったのも、もちろん同じ理由です」

「……なるほど。そう言われれば、そんな気もするなあ」

自分の猫ではないから、曖昧《あいまい》なことしか言えない。結局、最終的な判断は飼い主に任せるしかなかった。

猫は不安そうに眼をしょぼつかせながら部屋の中を見回していたが、逃げ出したり、人を威嚇したりする素振りは見せない。二人の弟子が注目する中、鏡楽師匠が猫に手を伸ばす。黒猫は体をよじって逃れようとしたが、それほど強くは抵抗せず、腕の中に収まった。

師匠が眼を細め、顔を近づけながら覗き込む。視力が衰えているから、そうしないと、猫の顔がよく見えないのだ。

昼間だが、天井の蛍光灯がともっていた。白っぽい光に照らされた猫の顔を注視した時、鏡治は新たな発見をした。

（……ほう。こいつ、黒猫のくせに、ひげだけは白かったんだ）

師匠宅に来る度《たび》に会ってはいたが、普段はそんなところにまで注意が及ばない。

（おとなしく抱かれてるところを見ると、やせこけてはいるが、やっぱり本物だったか
……おや？　何をしようってんだ）

尻尾のあたりをしきりに触っていた鏡楽師匠が、急に奇妙な行動に出た。

手を伸ばして、脇の本棚から商売物の高座扇を取り、いっぱいに広げる。そして、扇子の要《かなめ》ではなく、広がった地紙の方を猫の首のところに押しあてたのだ。

意味不明の行動だったが、黒猫はまったくの無抵抗で、されるがままになっている。そして、次の瞬間、師匠がいきなり、

「『おでんに、燗酒ぇ』

『おい。燗酒屋、ちょいと待ってくんねえ』

『へい。どなたか、お呼びに……うわっ！　あ、あなたは、さ、さらし首……』」

（ええっ？　これ……これは、『生首の酒』じゃねえか）

鏡治は仰天した。もう丸三年近く高座に上がっていない鏡楽師匠が突然語り始めたのは、ずっと以前、馬八兄さんに教えたというあの小噺だった。

（だけど、なぜ急に……あっ、そうか！　猫のさらし首というわけだ）

白い地紙の上にちょこんと顔を出している様子が、まさに獄門台にそっくり。反射的に

弟弟子の方を見ると、鏡也も驚きの表情を浮かべていた。

「『さらし首ってこたねえだろうよ。さらし首様とか何とか……まあ、いいや』」

何だか、本当に猫が台詞を言っているような気がしてきた。

「『生きてる間には、俺にも立派な名前があったが、こんな姿になっちゃ、呼んでくれという方が無理だ。それよりも、なあ、燗酒屋』

『……へ、へい。何でしょう』

『俺にも一杯《いっぺえ》飲ましてくれよ。元を正せば、酒飲みの因果でこんな姿になっちまったんだが、お前の声を聞いたら矢も盾《たて》もたまらねえ。頼むぜ。それとも、嫌かい？』

『い、嫌だなんて、滅相もございません。あの、でしたら、ただ今すぐにお燗を……へい。どうぞ』」

座卓の上から湯飲みを取ると、中の茶を飲み干し、空の茶碗の縁を猫の口にあてがう。

そして、それを少しずつ傾けながら、喉を鳴らす音を発すると、

「『……ああ、うめえ。ついでに、額を叩いてくんねえ』」

と、これが『生首の酒』のサゲだ。満足しきった時、手の平で額をポンと叩く仕種は近頃あまり見かけなくなったが、その昔は一般的だった。

まるでサゲを待っていたかのように、黒猫がうなり出し、足をバタバタさせる。白い扇子の上で黒いひげが揺れ、猫の生首が暴れているように見えた。

「おや、じっとしてるのが嫌になったかい。無理もない。だけど、お前、よく我慢したねえ。さすがは噺家の家の飼い猫だ」

「えっ……？　ということは、その猫は……」

思わず鏡治が身を乗り出すと、鏡楽師匠は笑いながら猫を床の上に下ろし、

「間違いない。うちの黒兵衛だよ」

そう言ったのだった。

19

「……というわけなんでございます。あのう、師匠、うまくまとめられず、長くなってしまいまして、まことに申し訳ございません」

話し終えた鏡治はお辞儀をしてから、深く息を吐いた。

「いやいや、そんなこたないよ。説明の手際がよくて感心したし、包み隠さずに打ち明けてくれて、ありがとう。それだけ、あたしを信用してくれてるということだものね」

翌日の午前十時過ぎ。鏡治は地下鉄銀座《ぎんざ》線稲荷町駅の北側にある正蔵師匠の長屋に来ていた。

戦火を逃れた昔ながらの四軒長屋の東端で、間口が二間《にけん》の二階建て。

白木の桟《さん》にガラスのはまった玄関の引き戸は開け放たれ、白地に光琳蔦《こうりんづた》を染めた麻の暖簾と玄関脇の植え込みから枝を伸ばしてきたヤツデの葉の緑が見えている。どこからか、猫の声が聞こえてきた。たぶん野良で、脇の路地あたりをうろついているのだろう。

六畳の居間兼客間は、神棚や縁起棚のあるいかにも芸人の家らしい空間で、小さな机を前にして、浴衣姿の師匠が座っていた。

右手には長火鉢。その脇に、おかみさんが座っていることが多いのだが、今日は何か用事があるらしく、鏡治に冷えた麦茶を出したあと、二階へ上がっていった。

訪問の目的は一週間前に声をかけてもらった稽古の件だったが、世間話をしているうちに、何となく水を向けられ、黒兵衛失踪以降のいきさつをすべて話すことになった。

相手は元の飼い主だから、そのこと自体は、ある意味、当然だと言えた。それでも、鏡楽師匠が猫虐待事件の容疑者として警察から目をつけられていることだけは秘密にするつもりだったが、途中、『昨日、神楽坂署の平林さんがうちに来て、四方山話《よもやまばなし》をしていったよ』などと言われ、じっと見つめられて、決心がくじけた。結局、何もかも白状することになってしまったのだ。

「とにかく、わからないことだらけなのですが……まずは、なぜうちの師匠がいきなり『生首の酒』をあたしたちの前で演り出したのか。そこから、お考えをお聞かせいただけませんでしょうか」

「うん。いいけど……ただ、それはね、二つに分けて考えるべきだと思うよ。まずは『なぜ猫の首の下に広げた扇子をあてがったのか』、そして『なぜ〈生首の酒〉を語り出したのか』。このうち、第一の謎の方は最初《はな》っから答えは明らかだね」

「えっ？　それは、本当でございますか」

馬八兄さんからシャーロック・ホームズばりの名探偵だと聞いてはいたが、その早業を目《ま》のあたりにして、さすがに面食らった。

「今、説明してあげるがね、お前《まい》、白猫のひげは何色だと思う？」

「え……あ、はい。それは、たぶん白でしょうね。ひげだけ黒いわけがありませんから」

「正解だ。じゃあ、三毛とかトラは？」

「三毛猫のひげ……申し訳ありませんが、皆目わかりません」

「いやあ、別に申し訳ないこたないさ」

師匠が笑いながら右手を振る。

「こいつは以前読んだ本からの受け売りだがね、猫のひげの色ってやつは、体毛の種類であらかた決まるそうだよ。例えば……」

師匠の説明によると、白、三毛、茶トラのひげは白く、体が灰色の猫はひげも灰色。面倒なのがキジトラ猫で、鼻の左右に四段ずつあるひげ穴のうち、最上段は黒、最下段は白、そして、真ん中の二段は根元が黒くて先が白いというグラデーションのひげが生えるのだそうだ。

「……へえ。そんなはっきりとした法則があるのですか。おもしろいものですねえ」

鏡治はほとほと感心してしまった。大の読書家で、楽屋でもよく『中央公論』を読んでいる姿を見かけたが、これほどの博識だとは思わなかった。

「ここで、お前に思い出してもらいたいんだが、昨日、鏡也が連れてきた黒猫のひげは何色だった？」

「え、ええと、それは……ああ、白でした。しみじみ顔を見て、黒猫のくせに、そこだけ白いのは不思議だなと思いましたから」

「ふうん。じゃあ、念のために尋ねるが、獄門台の上の生首のひげも、白かったかね」

「えっ？　獄門台の、生首……ああ、猫のですね。それは、まあ、色が変わるはずは……あれえ、ちょっと待ってくださいよ」

その瞬間、猫が暴れ、扇子の白い地紙の上で激しく揺れる黒いひげが、鏡治の脳裏に浮かんだ。

「あっ！　黒でした。間違いありません。ですが……その少し前には、確かに白く見えましたよ」

「それは光の反射のせいだよ。肉眼はもちろん、写真でもひげが白く写ることがよくあるが、理屈は同《おな》し。背景が黒いから、そう見えるだけさ」

「ということは……うちの師匠はひげの色を確かめるために、真っ白な紙を顔の下にあてがったのですか」

「うん。ご明察だ」

「すると、急に『生首の酒』を演り出した理由は……」

「鏡也が連れてきた黒猫が紛《まが》い物《もん》だと見極めたことを、お前たちに悟らせないためだろうね」

「ええっ、紛い？　で、では、あの猫は黒兵衛ではないとおっしゃるのですか」

「うん。ほとんどの黒猫のひげは黒いんだが、まれに白い猫もいてね、黒兵衛はその中の一匹だった」

「そんな細かいことまで、よく……ああ、そうか。師匠は黒兵衛を半年もこの長屋でお飼いになっていたのですから、ご存じで当然でした」

意外な展開に驚かされたが、説明を聞けば、充分に納得することができた。

「じゃあ、うちの師匠もその点には気づいていて、紛い物の猫だとわかっていながら、だまされたふりをしていたわけですね。でも、なぜそんなことをしたのでしょう？　激怒しても当然なのに……さっきお話しいたしましたが、あの時はおかみさんまで気味が悪いほど上機嫌だったのですよ」

「そのあたりのことは、あたしにはわからないが……まあ、それは置いとくとして、やはり問題は猫の尻尾や足が切断された事件だね」

師匠が表情を引き締め、腕組みをする。

「鏡楽さんに、犯人としての疑いがかかってるんだろう」

「ええ、まあ。平林定吉刑事も捜査に動いているようですし……」

「おいおい。他人様《ひとさま》の名前を呼び違えてはいけないな。あの刑事さんの名前は『サダヨシ』だよ。漢字も噺の中の小僧とは違って、『貞淑』の『テイ』だ」

「えっ、じゃあ、貞吉？　でも、馬八兄さんはサダキチと……」

「そりゃ、ふざけてそう言ってるのさ。仲間内でもサダキチで通ってるみたいで、『訂正するのが面倒になりました』とぼやいていたから、それでいいのかもしれないが……」

その時、白い暖簾が大きく揺れた。風かと思ったら、そうではなく、来客だったが、

「おはようございます」と言い、玄関に入ってきた客の顔を見て、鏡治は仰天した。

何と、ほんの少し前まで話題の主だった鏡楽師匠。しかも、その風貌は一変し、伸び放題だった白髪頭がきちんと短く刈られ、真っ黒に染められていたのだ。

20

（いやあ、際どいタイミングだったなあ。表の戸は開いたままだから、師匠が来るのがも

う少し早かったら大変だった。うまい具合に話題が逸《そ》れて、よかったぜ)

もしも聞かれていたらと思い、鏡治は背筋がぞくぞくした。

(それにしても……あの真っ黒い頭は何なんだ？　一体、どういう心境の変化だろうな)

「やあ、久しぶりだねえ。ちょうど、鏡治さんが顔出ししてくれてたところだよ」

正蔵師匠が言った。ついさっきまで話題に上っていたことなど、おくびにも出さない。

「何だ。お前、おじゃましてたのか」

弟子がいるのを見た鏡楽師匠は気のない声で言うと、畳に両手をついてお辞儀をして、

「ごぶさたをしてしまい、申し訳ありませんでした。協会の事務所に用事があったものですから、ついでと言っては失礼ですが、ご挨拶をと思いまして」

「ああ、そうだったのかい。それはありがとう」

三人が所属する東京落語協会の事務所はこの長屋から徒歩五分ほどの場所にある。そこに足を運んだあとで、顔出しをする芸人は少なくないはずだ。

「で、事務所には何の用事だったんだい？　出番の変更か何かかね」

長い間、仕事をしていないのを知りながら、しらばくれて、正蔵師匠がきいた。

「いえ、実は漫才師を客分として一門に迎えることになりまして、その話をしてきたところです。もしも定席に出られるようになりましたら、師匠も目をかけてやっていただければ幸いです」

「ああ、なるほど。わかったよ」

「ありがとうございます。ええと、それで……」

　鏡楽師匠は自分の弟子を一瞥《いちべつ》すると、微かに眉をひそめて、

「あのう、ちょっと行くところがございますので、詳しい話はまた後日ということで。あわただしくて恐縮ですが、今日はこれで失礼させていただきます」

「ああ、そうかい。お茶も出さないで、こっちこそ……あっ、鏡楽さん、ちょいとお待ち」

　早くも靴を履きかけているところを、呼び止める。

「あ、はい。何でございましょう？」

「急いでるのに、足を止めさせて悪いが、一つだけ教えとくれ。鏡楽さん、その頭は熊谷生まれの大先輩である長井別当を見習ったのかね」

「え……？　ああ、これ、ですか」

「戦場ならぬ高座に復帰しようってんだろう」

　すると、数秒間の沈黙のあと、鏡楽師匠は苦笑を浮かべ、

「協会の事務長にも同じことを言われましたよ。今度の顔づけで、どこかに入れてくれるそうです」

『顔づけ』とは、その翌月の出演者を決定するため、都内の定席の席亭や支配人が集まる

会議のことで、毎月十五日に協会事務所で開かれる。もし来週行われる顔づけで名前が出れば、九月中のどこかの芝居で寄席に復帰することが決まるわけだ。

「ほう。そりゃあ、結構。とりあえず試運転というやつだね。楽しみにしてるよ」

「ありがとうございます。今後とも、よろしくご指導をお願いいたします」

軽く会釈をすると、鏡楽師匠は暖簾を手ではね上げて、かんかん照りの往来へと出ていった。

「……鏡楽さん、左手の爪が黒く汚れていたねえ」

気配が遠ざかってから、稲荷町の師匠が独り言のように言った。

「えっ？　気づきませんでしたが……では、あの頭は自分で染めたのでしょうか」

「そうじゃないね。素人がやったにしてはむらがないし、第一、自分では頭を刈れないだろう。床屋でやってもらったんだよ」

「だとすると、おかしいですよね。なぜ……ああ。そういえば、昨日、猫を連れてきた鏡也も同じように左手の爪が黒かったです」

「師弟揃ってかい。そりゃ、妙だなあ。それに長崎が地元の漫才師だと、お前から聞いたが、鏡楽さん、ずいぶんとその二人にご執心のようだね」

「そうですねえ。うちの一門の客分にするといっても、しばらく先のことだと思っておりましたから、もう動いたのを知って、驚きました」

「お前も、さっきしきりに不思議がってたけど……その漫才師はどういうつもりで、二つ目になってまだ間もない鏡也に声をかけたんだろう？」

師匠が微かにうなりながら、首を傾げた。

「公演のゲストを呼びたいのなら、関西にも噺家はたくさんいる。その方が足代だって、安く済むはずだ」

「おっしゃる通りです。それと、鏡也の方でも、なぜ仕事を放り出し、あたくしに代演を頼んで長崎くんだりまで出かけたのか。まあ、おタロウの額は聞きませんでしたが、まだ真を打っておりませんから、それほど高額だとも思えません。

考えてみると、変ですよね。まあ、あの時は、長崎が舞台の『てれすこ』を高座で演り、下りてきたところだったので、それほど不思議だとも思いませんでしたが」

「そもそもさ、何て漫才師なんだい？　名前をまだ聞いてないような気がするけど」

「あっ、そうでした。まことに申し訳ございません」

確かに名前は言っていない。不注意で抜けたわけではなく、話がやたらと長くなったので、そこまでは必要ないと思い、わざと省略したのだ。

「マルハゲ、ジロウ、サブロウというのだそうです」

「ええっ？　何だか、ものすごい芸名だねえ、そいつは」

師匠が苦笑を浮かべ、軽く首を振った。

「関西の方には結構どぎつい名前の漫才さんが昔からいたが、そこまでのはなかったなあ。やっぱり頭が禿げてるのかい」

「はい。二人ともまだ四十過ぎぐらいで、もうツルツルだと聞きました」

「それにしたって……ちょいとお待ち。地元は長崎と言ったね。だとしたら、博多はすぐそばだ。もしかすると……」

師匠はいったん視線を泳がせてから、一つうなずいてみせると、

「お前、ここに、その名前を書いてごらんよ」

そう言って、裏が白い広告を手頃な大きさに切ったものと、ボールペンを手渡してきた。

「あ、はい。承知いたしました」

訳がわからないまま、そこに『丸禿二郎　丸禿三郎』と書く。

正蔵師匠はスーパーのチラシの裏に書かれた黒い文字に、しばらくじっと視線を落としていたが、やがて顔を上げると、にっこり笑って、

「これで、謎が解けたよ。いやあ、実に奇抜なもんだねえ」

そう言ったのだった。

21

「えっ、奇抜な……解けたというのは、どの謎がでございますか」

「もちろん、何もかもだよ」

そう断言され、鏡治は困惑してしまったが、自信満々の様子から見て、もちろん冗談などではないらしい。

「そもそもねえ、『マルハゲ』なんて家号はいくら何でも奇怪千万だよ。シャレにも何にもなってない。それで、考えてみたらね、もう、ずいぶん昔の話だけど、その漫才師の師匠らしき人物と一緒の舞台に上がったことがあるんだ。もう二十年以上前じゃないかなあ。博多の劇場でね」

「はい。鏡也の話によると、確かに師匠はいたらしいのですが……で、その人の名前は?」

「うん。コンビでね、マルハジメ、シマイと言った。こういう字だったはずだがね」

稲荷町の師匠がボールペンを手に取り、さっきの紙の余白に『丸一　丸末』と書く。

「ええと……ああ、なるほど。これで、『ハジメ』『シマイ』と読むのですか」

後者の読みで、最初頭に浮かんだのは『姉妹』だったが、アクセントの位置が違っている。漢字で普通に表記すれば『終い』だ。

「ただ、末さんはそれからわりとすぐに亡くなって、その後は一さんが独りで漫談を演ったり、司会の仕事をしたりしてたらしい」

「でも、『丸一《まるいち》』と言えば、太神楽の家号と字が同じですよね」

「それでいいんだよ。一さんて人は、ずっと以前は東京にいて、太神楽の後見をやってたそうだから」

「あっ、なるほど。そういうことでしたか」

　太神楽は室町時代にまでさかのぼる歴史をもつ伝統芸能で、獅子舞や茶番なども演じるが、寄席の高座で披露しているのは主に曲芸だ。傘の上で毬《まり》を回したり、撥《ばち》やナイフの曲取りをしたりと、さまざまな演目があり、その代表的な家号の一つが『丸一』だ。

　太神楽師は実際に曲芸を演じる太夫《たゆう》と、それを手助けしながら説明する後見とに役割が分かれ、後見から漫才師になった例は多い。すでに亡くなって二十五年ほど経つが、人気漫才師・十返舎亀造《じっぺんしゃかめぞう》・菊次《きくじ》のコンビの亀造師匠などもそうだった。

「ということは……つまり、その方が師匠なわけですから、家号は『丸』だったんですね。だとすれば、名前はハゲジロウにハゲサブロウ」

「おいおい。なぜ訓読みにするんだい。音読みにしなきゃだめだよ」

　師匠に叱られてしまったが、『禿』の字を音読みすると、何というか。すぐには頭に浮かばなかった。

「ええと、それは……ああ、毛のない頭のことを『禿頭《とくとう》』って言いますよね。つまり、『禿』の音読みは『トク』。だとすれば、正しい読みは『マル、トクジロウ、トクサブロウ』……あれえ？　待ってくださいよ」

困惑し、視線を忙しく左右させる。

「トクジロウはともかく、トクサブロウは何だか聞いたことがあります。トクサ……ああ、そうか。徳三郎。『火事息子』に出てくる放蕩息子の名前だ」

ポンと両手を合わせた次の瞬間、鏡治ははっと息を呑んだ。

「あのう……これは偶然の一致、でしょうか？」

「偶然なんかじゃないよ。だって、これがまったく無名の二つ目である鏡也に、わざわざ長崎から声がかかった理由なんだから。呼んだのは間違いなく禿三郎さんの方で、おそらく鏡也の芸の評判なんか何も聞かないまま、出演を依頼したんだと思うよ」

「……でも、なぜそんなことを？」

「逆にこっちから尋ねるけど、お前、弟子と同じしか、それよりも安い報酬で高座に上がれと言われたら、引き受けるかい？」

「それは、さすがに御免被《こうむ》りたいですね。やつは二つ目で私は真打ち、キャリアも十年以上違います。同じおタロウというのは……」

「だから、鏡也に声がかかったんだよ。二人いる弟子のうち、安直に呼べる方というだけなことを……」

「えっ？　つまり、三光亭一門ならば誰でもよかったというわけですか。でも、なぜそんの理由でね」

「お前も鈍いねえ。皆《みな》まで言わされたんじゃかなわないな」

　また叱られてしまった。自分でももどかしくてたまらないが、手が届きかかっているのは実感できても、どうしても真相をつかみ取ることができない。

「三光亭一門の弟子に会う目的は、もちろん鏡楽さんに話を取り次いでもらうためさ。向こう様では、鏡也が破門寸前だなんて知る由《よし》もない。自分の父親に詫びを入れ、長年の念願だった東京の寄席出演を実現するという、いわば一挙両得を狙ったんだろうね」

「えっ？　自分の父親……ああっ！　わ、わかりました。つまり、丸禿三郎さんの正体は多和田武勇さんで、だから、鏡楽師匠の十八番である噺に出てくる勘当された若旦那の名前を自分の芸名にしたわけですか」

「あたしには、そうとしか考えられないね」

（ははあ。それで、おかみさんは猫なんて、どうでもよくなっちゃって……『火事息子』と同じだな、何もかも）

　鏡治は苦笑せざるを得なかった。おそらく、昨日、自分が師匠宅に行く少し前に、武勇さんから電話があったのだろう。おかみさんは息子の無事な顔が早く見たいと、取る物も取りあえず長崎へと旅立ったのだ。

「そこはよくわかりましたが……しかし、鏡也は武勇さんに会ったことなどありませんから、事情を打ち明けられ、さぞ驚いたでしょうね」

「驚いたのは確かだろうけど、それ以上に喜んだんじゃないかな。前のしくじりが、これで帳消しになると思ってさ」

「ああ、なるほど。飼い猫が行方不明になって、代わりに行方不明だった息子が帰ってくる。差し引きすればプラスになり、破門も撤回される可能性が高いです」

「でも、本人にしてみれば不安だったんだろうねえ。鏡楽さんに『それとこれとは別だ』なんて言われれば万事休す。それで、念のため、手を打っておくことにしたんだよ。せっかく本場である長崎まで行ったわけだからね」

「長崎が、本場？　ええと、カステラか何かでしょうか」

「何をとぼけたことを言ってるんだね。もう一つ尋ねるけど、昨日、猫と対面した鏡楽さんはひげの色を確認する前に、何かしなかったかい」

「ひげの前にですか。それは、別に……あっ、そうだ。何だか、尻尾をしきりにいじってました」

「そうだろう。実はね、長崎というのは鉤尻尾猫の本場なのさ」

「カギ、シッポ……？」

まるで聞いたこともない単語だった。師匠の説明によると、別名を稲妻尻尾ともいい、猫の尾が途中で折れ曲がっている状態を指す。

猫の尾は個体差はあるものの、一般的には十八から二十の尾椎《びつい》と呼ばれる四角い骨でできているが、遺伝的理由、あるいは事故などで尾椎が三角に変形してしまう場合があり、そうすると、そこで尻尾が折れ曲がるわけだ。

「正直なところ、あたくしは黒兵衛の尻尾が真っすぐだったか曲がっていたか、覚えておりませんが……」

「それはそうだろうけど、間違いなく曲がっていたことは、実際に触って確かめたあたしが請け合うよ。東京じゃ珍しいから、覚えてたんだ。鉤尻尾の猫というのは東南アジア、特にインドネシアあたりに多くてね、バタビア……今はジャカルタというのかな。あすこが昔、オランダの植民地だったから、そこから来る船に猫が乗ってきた。そいつが長崎で子孫を残したせいで、あの町の猫は十匹のうち八匹以上が鉤尻尾なんだそうだよ。『長崎猫』なんて別称もあるくらいで、珍しくも何ともないらしい」

「あの、もしかすると、それが鏡也のやつが目先の仕事を放り出してまで、あわてて長崎へ行った理由ですか」

「その通りさ。だいぶ頭が回るようになってきたな。鏡也もどこかでその話を聞きつけたんだろう。黒猫の外見はどれも似たり寄ったりだし、何週間も満足に餌にありつけなければ、顔や体付きだって変わるからね。ただし、鉤尻尾だけはどうにもならない」

「すると、鏡也はあたくしとは違い、黒兵衛の尻尾の形に気がついていたんですね。でも、ひげの色までは注意が及んでいなかったのか」

「しかも、体の毛が黒で鉤尻尾であれば何でもいいとはならない。東京に連れ戻る猫を選ぶには、もう一つ重要な条件がある」

「えっ？　重要な条件と申しますと……」

「猫の気性だよ。人懐っこい猫じゃないと、替え玉は務まらない。それだけ条件が重なると、さすがに本場の長崎でも烏猫はいなかったんだろうねえ」

「烏猫でないとすると、胸元か腹のあたりに白い差し毛が……」

「そう。だから、そこを毛染めで黒くして、ごまかしたわけだ」

「あっ……！　なるほど。そういうことだったのですか」

右利きであれば、白髪染めの液体をつけたブラシは右手で持ち、左手で猫を抱え、胸や腹を露出させることになる。左手の指先や爪に付着しやすいのは当然だ。

「うちのばあさんが言ってたが、白髪染めってやつは手につくと、なかなか落ちないそうだ。長井別当の頭みたいに、水で洗ったくらいではとても無理。中でも、とりわけ厄介なのが爪でね、いったん付着したら最後、石鹸を使ってもまず落ちないから、染める時に充分注意する必要があると言ってた」

「なるほど。ただ、鏡也については得心がいきましたが、うちの師匠も爪が黒く汚れていましたよ。あれも、やはり猫の差し毛を染めたせいでしょうか」

「きっと、そうだろうな」

「なぜ、そんなことを……」

「たぶん、鏡也の染め方がぞんざいだったんだね。几帳面な人だから、仕上げをしてやるつもりが、慣れないせいで指の先や爪、さらには自分の髪にまでついちゃって、仕方なく床屋で全部真っ黒に染めたんだろう」

「ははあ。そういうことだったのですか」

鏡治は心の底から感嘆していた。何ともすさまじい洞察力で、馬八兄さんが絶賛していたのも当然だと思った。

「だけど、鏡也も困ったまねをしてくれたもんだねえ。長崎猫について聞く前に、東京で鉤尻尾を探したが、見つからず、思い余って、あんなことをするなんて」

「えっ、あんなこと……ああっ！　で、では、猫の虐待事件の真犯人は……」

稲荷町の師匠が固い表情でうなずく。その瞬間、激しい衝撃が鏡治を貫いた。

（そうか。最初《はな》は鏡也のやつ、尻尾を切った黒猫を替え玉にするつもりで、怪しまれないために、ほかの猫の尾を切ったんだ。この近辺を徘徊している架空の犯人の仕業にしようと企んで……足まで切ったのは、尻尾ばかり狙うのは不自然だと思ったからに違いない）

「すると、うちの師匠がスナックでママに見せた毛むくじゃらの足は……？」

「鏡楽さんも真相に気づいて、いざとなったら、罪を被る覚悟だったんだろうなあ。ずっと高座には上がっていない自分とは違い、弟子は将来のある身だと思ってね」

「ええっ？　そ、そんな……まるで、考えてもみませんでした」

　これも、鏡治にとっては大きな驚きだった。

「鏡楽さんて人はちょいと皮肉屋のところがあるから、誤解されやすいけど、弟子を思う気持ちは人一倍強い。あたしの前なんかでは、それを素直に口に出してたよ。お前が真を打った時にも、本当に喜んでねえ、『何とか引き立ててやってください』って、あっちでもこっちでも頭を下げてた。鏡也に対する気持ちだって変わらないと思うよ」

　鏡治は三日前、鳥寅で馬八兄さんから聞いた鏡楽師匠の言葉を思い出していた。

『せがれを噺家にしてやらなかった罪滅ぼしだと思って、何とか一人前にしないといけない』

　あの時は、鏡也についての発言で、自分は関係ないと勝手に思い込んでいたが、どうやら違っていたらしい。

「猫についても同様で、おかみさんの方になついているから素っ気ない素振りはしているようだが、あの人は昔から大変な猫好きでね。だから、そもそも野良の尾や足を切ったりするはずがないんだ。

ああ、そうそう。さっきは気づかなかったが、スナックのママさんが見たのと同しものが、たぶんうちにも……」

師匠が脇の箪笥の引き出しを開け、しばらくガサゴソ捜していたが、やがて長さが六、七センチの細長い物体を引きずり出す。

まさに、見た目は白猫の足だが……ただ、根元に金具がついていた。キーホルダーになっているらしい。

「あの、これは、一体……」

「ウサギの足さ。ずいぶん前だが、鏡楽さんからもらったんだよ。アメリカへ行った土産としてね」

「ああ、そうですか。たしか、お守りなんですよね、向こうでは」

ウサギは多産の象徴であり、また、眼を開けたまま生まれてくるので、呪いが込められた、いわゆる邪眼をはね返す力をもつ。そんな話を、鏡治も聞いたことがあった。

「ただし、ウサギの足には肉球なんてない。ママに触ってみろと言ったのは明らかにハッタリだね」

「これで納得いたしましたが……師匠、鏡也のやつをどうすればよろしいでしょう？」

「そうだねえ。あたしにそれを決める権利はないけれど……」

師匠は苦渋の表情を浮かべ、少し考えていたが、

「自首させるほかないだろうね。その方が、とどのつまり、本人のためさ」

「……やはり、そうですか」

先のことを考えると、気持ちが暗くなるが、兄弟子である鏡治も同じ意見だった。

「こんなことを言うと乱暴だが、寄席芸人は世間一般の模範である必要はないんだから、罪さえ償えば、また出直せるよ。ただ、動くのはあと一週間か十日先の方がいいかなあ。鏡楽さんは、これから息子さんとの対面を控えている。せめて、それが済むまではね。あたしから、平林さんに電話して、内々に伝えておこう。鏡也には、お前が慎重に時機を見て、自首を勧める。それでどうだい？」

「ありがとうございます。どうか、よろしくおね……あれえ？」

お辞儀の途中で、鏡治は眼を見張った。いつの間にか、部屋の外の廊下に一匹の黒猫……それも烏猫がいたからだ。行儀よくお座りし、じっと鏡治を見つめている。

「この猫……ひょっとして、黒兵衛ですか。だいぶやせてはおりますが」

「実はそうなんだよ。一昨日の夜中にひょっこりやってきたんだがね、あたしも驚いちゃった」

稲荷町の師匠がうれしそうに笑う。

「帰巣本能ってやつで、たまに似た話が新聞なんぞに載るけどねえ。神楽坂からここまで、よく道を間違えずに来たもんだと思ってさ。ばあさんなんか喜んで、二階でずっとなで回してて、下りてきやしねえ」

「あっ、それで……で、どうされるのですか、この猫。うちの師匠のところへお戻しになりますか」

「そうしてもいいが、もう、本場の長崎猫が来てるんだろう。二重になっちまったからなあ。しばらくは、ここで飼うことにするよ」

猫が師匠の方に歩み寄ってきて、あたり前のように膝に乗る。

「こいつは黒猫のくせにひげは白いし、この家は覚えてたし……本当に白兵衛の生まれ変わりかもしれないねと、今朝もばあさんと話をしてたところさ」

幕間

「えっ？　カクコ……ああ、そうでしたか。これは失礼しました」

テーブルの上のメモ用紙の横に、名刺が一枚載せられていた。

そこに書かれていた文字を見ると、

『総合調査　ワトソンエージェンシー
調査員　安川新太郎《しんたろう》』

住所や電話・ファックスの番号、メールアドレスに加え、左上にイラストが添えられていたが、探偵帽を被り、虫眼鏡を構えたシルエットはどう見てもワトソンではなく、シャーロック・ホームズ。だが、まあ、これくらいはご愛嬌だろう。

「しかし、なかなか難しいものですねえ、日本語というのは」

探偵の安川が苦笑する。

「とにかく、今ご説明した通りでして、今回の依頼人が現在お困りなのは、その方の伯父様の遺産相続についてなのです。人捜しというと、すぐ頭に浮かぶのは借金絡みですが、そういうことではなく、まったく逆で、あなたに相続権が発生している状況ですので、ご安心ください。早速ですが、鏡治……いえ、高原久市さん、もし相続放棄をされないのであれば——」

「すみません。ちょっと、お待ちください」

占い師ソイルが右手を上げ、安川を制する。両手にも群青色の手袋をしていた。

「私は自分が三光亭鏡治という噺家だと、まだ認めたわけではありません。早合点してもらっては困ります」

相変わらず淡々とした口調で、感情を推し量ることはできなかった。

「ええっ？　だって、ついさっき、あなたがご本人でなければ知っているはずのないことを、私に教えてくださったではありませんか」

「いいえ。そうとは限りません。安川さん、私の職業をご存じですか？」

「え……ああ、なるほど。これは大変失礼いたしました」

探偵が苦笑し、軽く頭を下げる。

「お仕事が占い師でしたね。それなら、私の心の内をリーディングしてお答えになったという可能性も否定できません。まあ、警察ならば別の判断をするかもしれませんが、私が反論するのは筋違いでしょうね」

少し皮肉な口調だったが、相手もそれをとがめようとはしない。

「私どもでも、それなりに調査した上で、今日、こちらへ伺っています。情報源はもちろん明かせませんが、充分な根拠があると判断しました。それに、あなた、さっき『落語家』ではなく、『噺家』とおっしゃいましたね。ある程度、演芸に関する知識がなければ、そういう言い方はしないはずですが」

すると、また占い師が無言になる。今後の手続きを説明するにしても、前提が明確な方がずっと楽なのだが、強引に認めさせるのは無理のようだ。小さな吐息を漏らしてから、探偵は口を開く。

「では、とりあえず、説明だけはさせていただきます。あなたが高原久市さんだと仮定して、まず相続放棄の手続きができる期間ですが、これは相続開始を知ってから三カ月以内と法律で定められています。つまり、今日から三カ月後の五月二十八日までに家庭裁判所に関係書類を提出し、受理されることが条件となりますね。しかし、これは普通、死亡された肉親にマイナスの財産がある場合でして、今月の十二日にお亡くなりになったあなたのお兄様については、債務の類いは一切なく、田舎なので自宅の資産価値は微々たるものですが、預金や株、債券などで合わせて四千万円ほど……」

第二話　芝浜もう半分

1

「……いやあ、暑いな。夏が妙に涼しいのも困るが、こんなに蒸さなくたっていい。ここに来るだけで、汗びっしょりになっちまった」

前座の東かつが運んできてくれた麦茶を一気に飲み干してから、三光亭鏡治がぼやいた。

八月九日、木曜日。場所は神楽坂倶楽部のメインの楽屋だ。

「で、どうなんだい？　今日の入りは」

「いやあ、よくありませんね」

楽屋の隅でネタ帳をつけていた立前座の鶴の家琴太があっさり首を振る。

「東橋師匠がトリなんで、ニッパチにしては大入りでしたが、さすがに今日は息切れみたいです」

『ニッパチ』は二月と八月。どちらも興行にとっては鬼門の月とされている。

「あと、師匠の体調がもう一つなので、常連があまり来てくれないのかもしれません」

「ああ、それはあるだろうな。浅草亭も律義にヌキはしねえけれど、毎日軽い噺ばかりだもの」

浅草亭東橋師匠は、この芝居の初日あたりから夏風邪を引き、ずっと微熱が続いている。声もかすれ、いかにも苦しげなので、女性があまり登場しない、短めの噺を選んで何とかしのいでいた。したがって、普段であれば、トリをめあてに毎日通ってくる熱狂的なファンの足が遠のいているようだ。

ちなみに、亭号や家号で呼ばれるのも大看板ならではで、正蔵師匠は『林家』、圓生師匠は『三遊亭』。ただし、面と向かって、そう呼んではもちろんいけない。

「ふうん。それで、今は……あっ、稲荷町が上がってるのか」

立ち上がって、色物の楽屋へ行き、モニターの音声ボリュームを上げる。

「『……そうかい。お前《まい》の家《うち》で男の子が生まれた。そりゃ、めでたいねえ。で、今日で幾《いっ》日《か》になる？』

『今日で、七日《なぬか》なんです』

『うん？　じゃあ、七夜《しちや》だな』

『ははあ、なるほど。お前さんは物を知ってるねえ。あたしゃ、わからねえから〈初七日《しょなぬか》か〉って言ったら、かかあが怒りやがった』

『何をくだらないことを言ってるんだい』」

ここで笑い声が起きたが、確かに普段よりも客席の反応は小さかった。

(これは『子ほめ』……いや、違う。『寿限無』だ。へえ。珍しいなあ)

会話をしている二人は毎度おなじみで、長屋の住人・熊《くま》さんと横丁のご隠居だ。

「『だんだん聞いてったら、名前をつける日だってんだ。あたしの名前が熊五郎《くまごろう》で、親父が熊蔵《くまぞう》でしょう。だから、〈どうだい、熊右衛門《くまえもん》てえ名前は?〉って言ったら、〈桃中軒《とうちゅうけん》雲右衛門《くもえもん》と間違いそうだからいけねえ〉って言いやがるんだよ』」

桃中軒雲右衛門は明治から大正の初め頃まで活躍した浪曲界の超大物。古風すぎるクスグリではあるが、実際にその時代を生きた師匠が口にすると、決して悪くない。これも芸の年輪というやつだろう。

「『そいから、あたしゃ、よおく考《かんげ》えてね、一つハイカラな名前をつけてやろうってんで、〈ネルソン〉てえのを考えた』

『何だね、ネルソンてのは』

『寝ると損をするから、寝ねえで稼ぐって名前だ』

『変な名前だな、どうも』」

呆れたように隠居がつぶやくと、さっきより大きな笑いが起きる。

「『かかあも気に入らねえらしいんだ。そいでね、平山《ひらやま》のご隠居さんのところへ行って、つけてもらえってんだよ。あの人は本を読んでるからものを知ってるし、あの通り、長生きしてるから人間もずうずうしい、と』

『おおっ？ お前んとこのおかみさんがそんなこと言ったのかい』

『いや、これはあたしがいつも腹に思ってる』

『そんなこと思ってちゃいけないよ。じゃあ、まあ、あたしが名づけ親、命名親《めいめいしん》てわけだ。だったら、何とかいい名前をつけましょう』」

「あたくし、稲荷町の『寿限無』は初めて伺いました」

また、琴太が近寄ってきた。

「そりゃ、あたり前だ。俺は十七年噺家やってて、今日が初めてなんだから」

一般的な知名度は抜群の演目だが、修業時代にこれを習わない噺家が意外なほど多く、鏡治自身も実はもっていない。したがって、寄席の高座にかかる頻度は高くないし、ましてや、大看板が演じるとなると、さらに稀有だった。

(寝ると損で『ネルソン』てえのは、同じクスグリを『道具屋』でも聞いたが、『平山の隠居』には驚いた。兄弟子の名前をさりげなく入れてるんだな)

稲荷町の師匠の兄弟子にあたる四代目柳家小さん師匠の本名が平山菊松《きくまつ》。これは楽屋落ちというより、一種の遊び心だろう。鏡治がそんなことを考えていると、

「ああ、そうだ。小耳に挟んだんですが、鏡楽師匠のお宅の猫が帰ってきたそうですねえ。どうも、おめでとうございます」

「ん……うん。まあ、めでたくねえこともねえな」

「鏡楽師匠もお喜びになったでしょうけど、これで鏡也兄さんが噺家を続けられることになったわけで、とにかくよかったです。気難しいところもある兄さんですけど、こんなことで廃業したのでは気の毒すぎますから」

そう言われ、返す言葉が見つからなかった。仕方なく、曖昧に笑ってごまかし、視線をモニターに戻す。

黒兵衛が戻ってきたのが昨日。今朝、鏡治が稲荷町の長屋へ行き、事件の真相を聞かされてから、まだ四時間ほどしか経っていなかった。

2

（事が公《おおやけ》になれば、鏡也は寄席の高座に上がれなくなるが、それはやつの自業自得。初犯だから充分反省すれば執行猶予がつく可能性があるし、場合によっては、何年か関西あたりで修業して、ほとぼりを冷ます手だってある。とにかく、いいタイミングを見計らい、なるべく早く自首させることだ）

先輩のことを心配し、素直に喜んでくれている琴太の顔を見ると、少し気がとがめたが、ここで口を割るわけにはいかなかった。

鏡楽師匠のおかみさんはてっきり長崎へ行ったのだと思っていたが、その後、実は大阪にいることが、鏡楽師匠の話でわかった。どうやら丸禿二郎・禿三郎のコンビの仕事が大阪であり、その会場で落ち合ったらしい。それならば、東京駅から新幹線で三時間十分。すでにそこまで来ているのなら、近々、十五年ぶりの父子《おやこ》の対面が実現する可能性が高いと思われた。

「でも、まあ、逃げたのが猫でよかったですよ」

「えっ……？　それ、どういう意味だ」

「だって、もし虎だったら、うろうろしてる間に猟銃で撃《う》たれちまうでしょう。先週の土曜日に殺された千葉の虎みたいに」

「ふふふふ。お前の言う通りだ。ああいうのは困るよな。落語にも出てこねえような事件が現実に起きると、お客が寄席に来なくなっちまう」

八月二日、千葉県君津《きみつ》市の寺で飼われていた二頭のベンガル虎が檻《おり》から抜け出し、そのうち雌の一頭は二日後に発見、射殺されたが、雄はまだ逃走中。しかも、市民の安全を考えて、やむを得ず取った措置なのに、捜索隊の隊員の家には『なぜ虎を殺した！』と全国から非難の電話が殺到する事態になるなど、テレビのニュースは連日この話題でもちきりだ。

さて、モニター画面は、稲荷町の師匠の高座。

「『……お前はなかなか注文が難しいねえ。世間に例がなくて、一手専売で長生きができる名前かい。ああ、そうだ。あたしは今、お経の勉強をしてるんだ』

『ははあ。あほだら経の？』

『あほだら経じゃない。無量寿経《むりょうじゅきょう》というんだがね』」

短い噺なので、『寿限無』はすでに中盤に入っていた。

ご隠居から『子供の名前について、何か好みはないか』と尋ねられた熊五郎は『とにかく長生きをさしてやりたい』と答える。その希望に応え、縁起のよさから、鶴太郎《つるたろう》や亀吉《かめきち》、長助《ちょうすけ》などが提案されるが、どれも熊さんの気に入らない。そこで、困った隠居は方針の転換を図ることにしたのだ。

「『経文なんてものは、案外めでたい文字《もんじ》が連ねてあるものでな、その中に〈寿命限り無し〉と書いて、寿限無というのがあるが、どうだ？』

『へえ。そりゃ、いいねえ。うちは名字が田中《たなか》だから、田中寿限無。そいつ、もらっときましょう』

『ちょいと、お待ち。こんなんでよけりゃ、まだたくさんある。五劫《ごこう》のすり切れず、というのがあるな。三千年に一度、天人《てんにん》が天下《あまくだ》り、羽衣《はごろも》で岩をなでる。なでてなでて、岩が減してしまったのを一劫《いちごう》という。それが五つだから、まあ、何億年になるのか、勘定ができない』

『あははは。やたらにめでたくなりやがったねえ』

『海砂利水魚《かいじゃりすいぎょ》というのもあるな。これは海の砂利と水にいる魚。数の知れないというのはめでたいとしてある』」

ここから、おなじみの長い名前の由来が丁寧に説明される。『雲行末《うんぎょうばつ》の風来末《ふうらいばつ》の水行末《すいぎょうばつ》』は雲に風に水の行く末で、どこまで行っても果てしがない。生きていく上で衣食住は欠かせないから、『食う寝るところに住むところ』、正月飾りに使う藪柑子《やぶこうじ》は縁起がいいので、『やぶらこうじやぶこうじ』。さらには、その昔、中国にあったアンキリア国で、揃って長生きした国王一家にあやかって、『パイポパイポパイポのシュリンガー、シュリンガーのグーリンダイ、グーリンダイのポンポコピーポンポコナー』と、それぞれの名前を羅列する……ただし、噺家の言うことだから、故事来歴についてはあてにならない。

「こういう噺ももちろん結構ですが、何だか、ちょっと寂しい気もいたしますねえ」

「寂しいって、何が?」

「だって、稲荷町といえば怪談でしょう。どうやら、去年でお終《しま》いみたいなんですよ」

「その件か。まあ、寄席にとっては夏の名物だったからなあ」

怪談噺は林家のいわばお家芸で、八代目正蔵師匠も毎年八月上席から九月中席まで、都内の定席でトリを務めるのが恒例になっていた。冷房のない時代、来場したお客様を怖がらせ、一時《いっとき》の涼を提供したのが始まりだが、近年はそれこそ師匠の一手専売になっていた。

演じられるのは落語中興の祖とも呼ばれる明治期の名人・三遊亭圓朝《えんちょう》作の『真景累ヶ淵《しんけいかさねがふち》』や『牡丹灯籠《ぼたんどうろう》』。毎年、それを楽しみにしている落語ファンが多かったのだが、『年が年なので、暑い時期の長丁場は自信がもてない』という理由で、今年は違う出番に変更になった。

「ただささ、体調が戻れば、また来年あたり『演りたい』と言い出すかもしれねえぜ。前にも似たようなことがあったからな」

「だといいですけどねえ。あたくしは、去年初めてお手伝いさせていただいたんです。やりそこなったら一大事と思って、毎日緊張のし通しでしたけど、すごく勉強になりました。だから、今年は演らないと伺って、残念で……」

「そうだったのかい。俺も前座の頃、何度か一座に加えてもらったが、今思うと、懐かしいよ。確かに、なくしちゃいけねえ気はするなあ」

怪談噺は口演する噺家以外に、鳴り物、後見、幽霊の役、さらには暗い夜道へ出ていくお客様のために、大喜利《おおぎり》ではかっぽれを踊り、賑やかに送り出すので、その踊り手も必要となる。

どの演目も大詰めは共通していて、噺の中に幽霊が登場すると、場内の照明が消え、高座にもお面をつけた幽霊役の前座が現れ、師匠が顔のあたりをライトで照らす。

そして、『ても、恐ろしき』でチョンと柝《き》が入り、『執念じゃなあ』……チョンチョンチヨン、チョン！　そして、『本日はこれぎり』となるわけだ。

「ただ、怪談噺となると、高座は暗いし、稲荷町は眼が悪いしでさ。いつだったか、末廣亭で、幽太《ゆうた》にライトを向けるのに夢中になって、客席へ転がり落ちたことがあったろう」

『幽太』は幽霊役のこと、末廣亭は新宿三丁目にある定席の一つだ。

「話は伺っています。最前列のお客様の膝の上へ落ちちゃって、その方の手助けで、やっと高座に上がれたそうですね」

「うん。そうしたら、あとで、そのお客が『恐ろしい執念だ』って感心したってんだが……どこまで本当だかわからねえけどな」

話にオチをつけてから、鏡治は苦笑した。

「幽太を出す本式の怪談は無理にしても、夏の寄席に怖い噺がなくちゃ、格好がつきませんよ。あたくし、兄さんの『もう半分』が大好きなんです。今日あたり、お演りになったらいかがですか」

「何を？　まさか、そんなことできるはずねえだろうが」

鏡治は顔をしかめ、即座に首を振った。

「クイツキは軽い噺と相場が決まってるし、そもそも、俺はあれを東橋師匠に教わったんだぜ。浅草亭がトリの席で演ったら、下手すりゃ、しくじっちまう」

「そうでしたか。それなら、確かに無理ですねえ」

誰かが売り物にしている噺を習った場合、その師匠よりも自分が前に出る時には、高座にかけないのが礼儀とされていた。寄席に来てネタ帳を見るまで、それを演る気でいたかもしれないからだ。

さて、『寿限無』はいよいよ終盤。ご隠居が縁起のいい文句を寄せ集め、忘れてしまわないよう、すべてかな書きにする。そして、『この中からいいのを選《よ》り取《ど》れ』と言ったのだが、無精者の熊さんは残らず息子につけてしまう。

「……呑気《のんき》なお父《とっ》つぁんもあるもんですな。この子が無事に成長をしまして、学校へ行くようになり、いたずら盛りですから、近所の子供と喧嘩をする。ぶたれた方は泣きながら、『お、おばさーん。寿限無寿限無五劫のすり切れず、海砂利水魚の雲行末の風来末の水行末、食う寝るところに住むところ、やぶらこうじやぶこうじ、パイポパイポパイポのシュリンガー、シュリンガーのグーリンダイ、グーリンダイのポンポコピーポンポコナーの長久命の長助さんが木剣《ぼっけん》であたしの頭ぁぶって、コブができちゃった。うわぁ……』『あらまあ、金坊《きんぼう》、悪かったねえ。勘弁してちょうだいな。ちょいと、お前さん、うちの寿限無寿限無五劫のすり切れず、海砂利水魚の雲行末の風来末の水行末、食う寝るところに住むところ、やぶらこうじやぶこうじ……』」

前座噺にはこのような言い立てのあるものが多いが、高齢の師匠だけに独特の愛嬌があり、わんぱく坊主の友達から母親、父親と、何度もくり返すうち、場内が沸いた。このあたりから、急に子供の笑い声が目立ち始める。夏休み中の特別活動か何かで、団体で来ているのだろうか。

噺の最後は近所のおばあさんが、『見なかったか』と熊さんにきかれ、

「『お前さんちの寿限無寿限無五劫のすり切れず、カイジャーリスイギョーノ、クウネルトコロオ、スムトコロオ……ナムアミダブツゥ……』

『何言ってんだい。お経じゃねえぜ。金坊、金坊、こっちへおいで。帰《けえ》ってきたら、おじさんがきつくお灸《きゅう》据えるからな。もんでやるから、頭ぁもってこい。コブ……おい。コブなんてどこにもねえぞ』

『ここにあったんだい。あんまり名前が長いから、引っ込んじゃった』」

一際大きな笑いと拍手の音。いつも通り、「おなかーいーりー」という前座の声とともに、中入り休憩となった。

3

ややあってから、眼鏡をかけた稲荷町の師匠が楽屋へ戻ってくる。

「師匠、お疲れさまでございます」

着替え用の服を手にした東かつが駆け寄る。毎日、見慣れた光景だ。

鏡治も、少し離れた位置に正座をして、

「お疲れさまでございます。大変結構な『寿限無』で、勉強させていただきました」

「いやあ、ほめてもらうほどの噺じゃないがねえ」

帯を解きながら、師匠が笑った。

「ほかの噺を演るつもりだったんだが、お辞儀をして顔を上げたら、一番前の列に小学生の団体がいてね。十人くらいかなあ。それで気が変わったんだ」

「ああ、なるほど。だから、お演りになったのですか」

『寿限無』は、全落語の中でも知名度ナンバーワン。小さな子供でもよく知っている。さっきの高座でも、言い立てが始まると、小学生たちは大喜びだった。

「師匠の『寿限無』は初めて伺いましたが、ほかとはだいぶ違っておりますねえ。例えば、『無量寿経』などというお経の名前も、普通は出てまいりません」

「ああ、あれかい。知り合いの大学の先生が聞いてくれてね、『師匠のおっしゃる通りですよ』なんてほめられたことがあった。親鸞和尚《しんらんおしょう》が特に重んじていたお経だそうで……たぶん、噺に出てくる隠居の家の宗旨は念仏だね」

話が一区切りついたところで、クイツキの出番の鏡治も束かつに手伝ってもらい、着替えを始める。

部屋の隅に移動して、白の開襟シャツのボタンを外し、シャツとズボンを脱ぐと、すぐに背後から長襦袢《ながじゅばん》が着せかけられる。袖を通し、腰紐を結ぶと、続いて高座着が。博多帯を巻き、両手を背中へ回して貝の口に結んでいると、

「おやあ。ずいぶんとまた、いいトバじゃないか」

着替えを済ませ、座卓の窓際に陣取っていた稲荷町の師匠から声がかかった。『トバ』は寄席の符牒で『衣装』のこと。

「何とも言えない艶《つや》があるが……塩沢《しおざわ》かねえ、そいつは」

「あのう……はい。さすがに、お目が高い。おっしゃる通りです」

絹織物の産地として名高い新潟県塩沢地方の縮緬《ちりめん》は、撚《よ》りの強い糸を使って織り上げるため、滑らかさと適度な張り、豊かな光沢をもっている。

「私などには贅沢なのですが、家内が見立ててくれたものですから」

「ほう。お前さんの、お内儀《ないぎ》が？」

「うちのやつはあっちの出《で》なんですよ」

「ははあ。越後《えちご》美人を娶《めと》るなんて、果報なことだが……あっ、そうだ。思い出したよ」

コップの麦茶を飲みかけていた師匠が、急にそれをテーブルに置き、

「前に、誰かが噂してた。『鏡治んとこのかみさんに会って驚いた。年はやたらと若いし、〈寿限無〉じゃないけれど、まるで天人みたいだ』って。そんなに、いい女なのかい」

「えっ？　い、いいえ。それほど大層なものではございませんが……」

大先輩から予想外の質問をされ、鏡治は戸惑った。

「年は先月二十六になったところでして、あたくしに比べれば確かに若いですが、器量の方は別にどうということも――」

「いえいえ。それはご謙遜です！」

鏡治の言葉を遮ったのは琴太だった。

「あたくし、一度だけお目にかかりましたが、そりゃあ、もう、途方もなくおきれいな方でした」

『前座の分際で、よけいなことを』と言いかけたが、稲荷町の師匠が「へえ。そうなのかい」と身を乗り出してきたから、叱るわけにもいかなくなる。

「とにかく、女優にもめったにいないような、清楚で高貴なお方です。まさに天女《てんにょ》……地上に舞い降りた天人だと思いました」

「天人を捕まえたのか。じゃあ、早い話、『羽衣の松』ってわけだ。そりゃあ、あたしも一度ご尊顔を拝したいもんだねえ」

羽衣伝説は駿河国《するがのくに》の三保《みほ》の松原《まつばら》が有名だが、この場合の『羽衣の松』はおそらく落語だろう。そういう名前の噺があるのだ。

「相思相愛で仲睦まじく、その上、三歳になる可愛らしい息子さんまでいて、毎晩川の字ってんですから、おうらやましい限りでございます」

「ほほう。もう跡継ぎまで……おい、鏡治。まさか『寿限無』なんて名前をつけやしないだろうね」

「いいえ。さすがに、そこまでは……ただ、噺家のせがれですから、噺の中に由来があってもいいだろうと思いまして、『志朗《しろう》』とつけました。『こころざし』に『ほがらか』です」

「シロー……ああ、なるほど。『元犬』だね」

師匠が口元をほころばせる。浅草の蔵前《くらまえ》神社が舞台のこの噺には、信心のおかげで人間の姿になる白犬が登場する。

「素直で親孝行な子に育ちそうで、実に結構な命名じゃないか」

「でも、それだけじゃないんですよ」

元来がお調子者の琴太は相手が大看板なのに、臆せず会話に割って入り、

「鏡治師匠は何と、奥様の名付け親でもあるというんですから、驚くじゃありませんか」

「ええっ、命名親？　へえ。こりゃあ、いよいよ『寿限無』だ。お内儀が当年取って二十六で、鏡治は……ああ、三十八かい。まあ、年が一回りも違えば、そういうことがあっても不思議じゃないけど……」

師匠がふと言い淀んだのは、太鼓部屋から中入り後の開演を告げる『テテンガスッテンテン』という太鼓が聞こえたからだ。

そして、クイツキに出演する鏡治の出囃子である『じんじろ』が流れ出す。

少しほっとした鏡治は商売道具のカゼとマンダラを取り出すと、「お先に勉強させていただきます」と挨拶して、高座へと向かう。

どの噺を演るか考えながら歩を進めたが、楽屋から出がけに稲荷町の師匠の目を盗み、琴太の後頭部を一発張り飛ばすのは忘れなかった。

4

「美人と申しますと、唐《もろこし》では楊貴妃、我が朝《わちょう》では小野小町が代表とされておりますが、この小町という方は美人だったそうですな。あなた方にぜひ見せたかった……って、あたくしも見てはおりませんが」

常磐線の電車の中。鏡治は吊り革につかまりながら、例によって、口の中でネタぐりをしていた。

「三十二相揃っていた小野小町よりも美しかったのが天人でございまして、この美人の総取締りが下界へ降りてきたことがある。東海道の三保というところ。あんまり景色がいいので、着ていた羽衣を松の枝に掛け、浅瀬に足を踏み入れ、水を蹴って遊んでおりました。

　すると、そこへ来たのが土地の漁師で伯良《はくりょう》という男。こいつが飲む、打つ、買うの三道楽が全部大好きというから始末が悪い。ぐでんぐでんに酔っ払ってここを通りかかり、たまたま上を向くと、松の木に羽衣が掛かっていた」

羽衣伝説は日本各地にあるが、最も有名なものは富士山を望む景勝地・静岡県の三保の松原に残されており、鏡治が今日演じた落語『羽衣の松』もそこを舞台としていた。伯良が羽衣を枝から下ろし、持ち去ろうとすると、驚いた天人が追ってきて、『我に返したまえ』と金鈴《きんれい》を振るような声で懇願する。その容貌の美しさに魅せられた伯良は『俺と夫婦になってくれたら返してやる』と無理難題を吹っかけ、天人は仕方なく承知する。

「衣を掛けてやるため、伯良が後ろへ回って襟足《えりあし》を見ると、その色の白さは富士の雪をも欺《あざむ》くばかり。お乳のふくらみが何とも形がよくて、蕎麦饅頭にインゲンマメを載っけたようです。お乳ったって、ずいぶん大きなのがありますな。巾着袋《きんちゃくぶくろ》にドングリがくっついてて、背中で子供がむずがった時なんか、『泣くんじゃないよ。ほら、おっぱい』てんで、ちょいと肩に担ぐと、手間いらずで授乳ができちまったりする」

鏡治がこの噺で一番好きなクスグリがこれ。あまり上品とは言えないが、入りのあまりよくない今日も、ここだけは大ウケだった。

「そして、伯良が羽衣を掛けてやりますと、吹いてきた一陣の風とともに、天人はあっという間に空中高く舞い上がる。

驚いたのが伯良で、『おい。さっき言ったことはどうなったんだ?』と叫んだら、天人が雲の間から顔を出して、『ありゃあ、みんな空《そら》っ言《こと》だよ』」

『空っ言』は江戸なまりで、辞書の上では『空言《そらごと》』。嘘という意味である。そして、サゲを口にした直後、電車が南千住駅のホームに滑り込んだ。

駅の東口から出て、吉野通りを南下する。時刻は午後五時を少し過ぎていた。

（正月以外に高座にかけたのは初めてだが、意外とウケるもんだなあ。驚いちまった）

元日から十日までの芝居を初席《はつせき》、十一日から二十日までを二の席と呼び、特別興行が行われるが、そういう時にふさわしい演目がいくつかあって、『初天神』『厄払い』『一目上《ひとめあ》がり』などが代表格。『羽衣の松』もその一つだった。

（稲荷町の口からひょいと名前が出たので、ほんの気紛れで演ってみたんだが、選んで正解だった。たまたま楽屋に居合わせた若旦那から『演り手の少ない噺をよく勉強してる』なんて、珍しくほめられちまったぜ）

現在、神楽坂倶楽部の席亭は岸本楽市《らくいち》氏だったが、二年ほど前から体調を崩し、息子の寅市氏が万事取り仕切っていた。この人物の通称が『若旦那』なのだ。

（稲荷町に言われるまでもなく、あの噺は俺……というよりも、俺ん家《ち》そのまんまだよなあ）

ウケた余韻を楽しみながら歩くうち、いつの間にか泪橋交差点までやってきた。ここを左折し、明治通りへと入る。

（清子のやつときたら、肌は雪のように白いし、顔立ちは小町と同様、まさに三十二相が

揃ってる）

『三十二相』は本来、お釈迦様のお姿の特徴なのだが、そこから転じて美人のほめ言葉としても用いられるようになった。

（お次に乳房……饅頭よりは大きいけれど、今は昭和の時代だからな。とにかく天人さながらの美人だ。それに引き替え、こっちはというと、伯良そのまんまで、不釣り合いなこと、この上ない。あいつ……どうして俺なんかと所帯をもつ気になったんだろう？）

いつもの疑問が湧いてきた。家族の縁が薄いから、鏡治の母親と気が合ったのはもちろん大きな理由だろうが、それだけで、生涯の伴侶を決めるとも思えなかった。

（自分で請け合うのも変だが、この俺に男としての魅力があるとはとても……いや、よそう。こんなこと、考えたって仕方がねえ）

結局、思考を停止してしまう以外に、この迷路から逃れる術《すべ》はなかった。

（そうだ。まだ志朗が女房の腹にいる時、『胎教にいいから』ってんで、あいつを寄席へ呼んで『羽衣の松』を聞かせたことがあったっけ。そうしたら、『この噺は好きじゃない』なんて言われちまった。理由は『前に三保の松原で痴漢に遭ったことがある』……知らねえよ、そんなこと。

あげくに、『〈芝浜〉も苦手だから、私の前では演らないで』と来た。訳を尋ねたら、やっぱり芝の近辺で痴漢に出くわしたんだそうだ。まあ、あの器量だからなあ。天人がすぐ

目の前を通れば、ちょいと手を出したくなる男がどこにでもいるってことだろう）

ちなみに、『芝浜』は人情噺の名作。棒手振《ぼてふ》りと呼ばれる魚の行商人・勝五郎《かつごろう》が芝の浜の遠浅で、海中から革財布に入った大金を拾う。大喜びで家に帰り、友達を呼んで飲めや歌えの大騒ぎをするが、翌朝目を覚ますと、何もかも夢だと聞かされる。驚いた勝五郎は心を入れ替え、商売に精を出すが、それから三年後の大晦日。拾った金を遣い込んで罪に問われないよう、夢だと嘘をついたと、女房が明かすのだ。

鏡治も何度か高座にかけたが、最後に亭主が、女房に勧められた酒を口元まで運び、『ようう。また夢になるといけねえ』……このサゲが言いたくて演る噺だなと思った。

（魚勝も呑んだくれだが、伯良はもう一回り上で、三道楽煩悩《さんどらぼんのう》……俺も、昔に比べれば真面目になったぜ。酒以外の道楽はやめちまったもの。二つ目でくすぶってた頃には泥沼にはまり、足が抜けなくなっていた）

落語は一人芸だし、曲芸や奇術などとは違い、腕の優劣が明確ではない。したがって、誰よりも自分が一番うまいと天狗になっている噺家が大勢いて、けれども現実にはさっぱり売れないから、先輩や仲間、あるいは客を呪い、酒や博打、女に流されてしまうのだ。

（それでも、噺家になってからは、多少は身を慎んだけれど、高校の頃はやりたい放題。警察の世話にならず、卒業できたのが不思議なくらいだぜ）

未成年なので酒や煙草はもちろん法律違反だし、バイクのスピード違反もひどいものだったが、さらに当時手を染めていたもう一段上の悪事が万引きだ。放課後、何人かで誘い合って、土浦市内のデパートやスーパーに行き、さまざまなものを物色する。一番の狙いめはブランド物の服や化粧品で、それらを売って、遊ぶ金を捻出していた。

(まあ、俺はやりすぎると危ないと思って、適当なところで足を洗ったが、盗みを続けていた連中がみんな退学して……ああ、そうだ。ヤスは今頃、どこでどうしているだろう?)

長い間、忘れていた人物の顔がふと脳裏に浮かぶ。アパートに通じる小道の角を何となく過ぎ、鏡治は白鬚橋のたもとまで歩を進めた。

隅田川に架かるこの橋は昭和六年の竣工だそうで、センターアーチが両側へなだらかに下っていくカーブが美しい。橋を渡った先は向島《むこうじま》で、以前はここに渡し場があり、小舟が行き来していたそうだ。

百五十メートル以上ある橋の真ん中近くまで進む。このところ雨が降らなかったせいか、水量は少なく、流れもごくゆるやかだった。

(あれは……俺が高校二年の秋だったな。警官に追われて、ヤスが橋の上から川へ飛び込んだのは)

心の奥に埋もれていた古い記憶が蘇《よみがえ》ってくる。『ヤス』はもちろんあだ名で、本名は斎藤康男《さいとうやすお》。中学校時代の同級生で、進んだ高校も同じ。ある時期まで最も親しくつき合っていて、親友と呼んでもよかった。

身長は鏡治より少し高いくらいで、男子としては小柄だったが、スポーツ万能で、中学時代は水泳部のキャプテン。成績も優秀だったのだが、高校受験前の志望校選びの頃から急にぐれ出した。

そうなった原因はやはり家庭環境にあった。父親は腕のいい板前だったが、酒癖と女癖が悪く、それが原因で両親が離婚。というより、母が度重なる浮気と暴力に耐えかね、出ていってしまったらしい。ヤスがまだ幼稚園の頃の話だ。

そして、小学五、六年生の頃、親父が後添いをもらうが、これは漁港の町として知られる大洗《おおあらい》町の温泉旅館で板長を務めている時、仲居の一人に手を出したのだ。この継母とヤスとの折り合いが悪く、本人が希望する進学校はアルバイトが禁止だからだめだと大反対され、それが道を踏み外すきっかけになったらしい。

そして、結局、鏡治と同じ偏差値の低い商業高校に進んだのだが、頭の切れる人間がやけを起こすと厄介で、たちまち同学年の不良をまとめ上げ、入学式から二カ月後には十数人が所属する万引き団のボスに収まってしまった。

この手の犯罪で最も足がつきやすいのは、戦利品を売って換金する際だが、ヤスは絶対安全なルートを早々と開拓し、入手した金は平等に分配して、メンバーから絶大な信頼を勝ち取った。

鏡治も中学校からのつき合いだし、遊び金は手に入るしで、最初は喜んで仲間に加わっていたのだが、二学年に進級する頃から次第に距離を置くようになった。

　理由はヤスの企む犯罪が凶悪化し、万引き団というよりも完全な窃盗団に変貌してしまったからだ。例えば、家電販売店の倉庫に押し入り、高価な製品を大量に盗む。もちろん金額が小さければ許されるわけではないが、さすがに怖くなってしまったのだ。

　そして、高校二年生の九月のある夜。深夜、ヤスが久しぶりに鏡治の家を訪ねてきて、『今晩一晩だけ泊めてくれ』と言う。どうも様子がおかしかったので、家の近くを流れていた桜川《さくらがわ》の川《かわ》っ縁《べり》まで連れ出し、話を聞いてみると、その晩盗みに入った先に警察が待ち構えていて、今逃げている最中なのだという。

　そんな人間を泊めるわけにはいかないと思い、『何とか頼む』と言うヤスと押し問答をしていると、そこへパトカーがやってきて、逃げ場を失ったヤスは石造りの小さな橋の上から川へ飛び込んだのだ。

（いやあ、あの時には驚いた。膝が笑うというのはあれだな。立っているのがやっとで、警官が近寄ってきても一歩も動けなかった）

　静かに流れる川面を見つめながら、鏡治は考えた。

（まだ寒くもなかったし、泳ぎは河童《かっぱ》並みだったから、普段なら心配なんかしやしないんだが、台風が通り過ぎた翌日で、水かさが増してたんだ。水の勢いもこんなもんじゃなかった）

濁流に流され、もしかしたら死んでしまったのではと心配したが、あとで無事であることがわかった。ただし、その日以来、ヤスは消息を絶ち、いまだに姿を現していない。

翌日、警察は一応橋よりも下流の捜索を行ったが、水死体は発見されなかった。本人が泳ぎの達人だということもあって、逃げた可能性が高いと判断され、捜索は打ち切られた。事実関係が曖昧だったから、新聞記事にもならなかったようだ。

代わりに警察署へ連行された鏡治は窃盗団の一員だと疑われ、厳しい取り調べを受けたが、当該時刻にアリバイがあったおかげで、翌日の午後には無罪放免となった。以前の万引き行為については、もちろん口を割らなかった。

橋の欄干《らんかん》に両手を載せ、吹いてくる風を頬に感じながら、鏡治はヤスの面影を心に思い浮かべてみた。面長で鼻がつんと高く、眼元が涼しい、江戸か明治の歌舞伎役者のような風貌。スポーツマンで、その上、金回りがいいのだから、女子生徒によくもてた。鏡治がそのおこぼれを頂戴したこともある。

（ワルではあったが、剽軽《ひょうきん》で気のやさしいやつだった。俺が『グループを抜ける』と言った時にも、寂しそうな顔をしただけで、止めたり、脅したりしなかったもの。

今、一体どこにいるのかなあ？　会えるものなら会いたい。俺が噺家になったのを小耳に挟んで、寄席の楽屋にでも訪ねてきてくれればいいんだが……）

5

アパートに戻ると、足音を聞きつけたらしく、まだノブも握らないうちに、志朗が内側からドアを開ける。

「キューちゃん、あのね、おきゃくさん」

「客……？　へえ、珍しいな。誰が来たんだろう」

すると、続いて顔を出した清子がほっとした表情になり、

「ああ、よかった。大事なお客様だから、寄席にも電話したんだけど、『いつも通りに出た』と言われちゃって」

「それは悪かったな。川なんぞ眺めながら、ちょいと考え事を……そんなことはどうでもいいが、大事な客って、誰なんだい」

「師匠の息子さん」

「師匠って……うちの師匠か？」

「もちろんそう。お住まいは九州の長崎だそうで、お土産にカステラの大きな箱をいただいちゃって、志朗は大喜びよ。それだけ置いて、お帰りになろうとするから、『もうすぐ戻ります』と言って、無理にお引きとめしてたの」

「ははあ。だったら、たぶん、おかみさんが無理やり大阪から引っ張ってきたんだな」

予想外の出来事ではあったが、驚きはそれほどなかった。一人息子の無事な顔を見たとたん、すぐに東京へ連れ帰り、自分の亭主と対面させたくなったのだろう。善は急げというわけだ。

鏡治は室内の様子を窺いながら、少し小声になると、

「で、武勇さん、師匠にはもう会ったのかな。何か言ってなかったか」

「今日の昼過ぎに東京に着いて、ご自宅でお会いになったそうよ。私、事情は何も知らないけど、十五年ぶりだったんですってね。『親父も年を取っちゃいました』なんて、おっしゃってた」

「そうかい！　だったら、万事解決済みだ。俺が間に挟まって苦労する必要はない」

橋の上で思い出していた人物とは違うが、懐かしい相手との久しぶりの再会だ。鏡治は喜び勇んで、居間に入った。

「いやあ、おめでとうございます。よかったですねえ、本当に」

「えっ、めでたい？　ということは……」

畳の上に正座した武勇さんは笑顔から一転、眉をひそめると、

「では、今日の午後、うちの親父が寄席の楽屋にでも電話しましたか」

「い、いいえ、別に……あの、だからですねえ、とにかくご無事でよかったと申し上げてい

るんですよ。決まってるじゃありませんか」

「ああ、なるほど。よくわかりました。本当に長い間、ご心配をおかけして申し訳ありませんでした」

「いやいや。あたくしにお辞儀なんかしなくて結構です。どうかお手をお上げください」

うまくごまかせたからよかったが、鏡治は心の中で舌を出していた。

（そうか。俺が真相を知っているのは稲荷町の推理のおかげで、師匠からも鏡也からも何一つ聞かされてはいない。となると、こっちから質問して、何も知らなかったふりをしなくちゃならねえのか）

面倒だが、ほかに手はないと覚悟を決め、「今まで、どこで何をしてたんですか？」と口を切り、相手が返事をする度に眼を見張ったり、口を半開きにしたりと、高座さながらの演技を続けた。

武勇さんは半袖シャツに紺のネクタイ、グレーのズボン。四十三歳という年齢相応に肌艶もよかったが、外見上の年齢を一気に引き上げているのが芸名通りの禿頭だった。いわゆるスキンヘッドというやつで、脇や後頭部はそったらしいが、それにしてもよく光っている。

顔立ちは鏡楽師匠とは似ていない。えらの張った輪郭で、眼はいわば南方系のはっきりとした二重。父子《おやこ》で似ているのはかすれた声と、ややせっかちな口調くらいだろう。

語られた身の上話を聞き、鏡治は稲荷町の師匠の推理に寸分の狂いもないことに改めて驚嘆した。したがって、驚く演技も何分の一かは本物だった。

東京を出奔《しゅっぽん》した武勇さんは関西へ行き、ふとした縁から奇術師の弟子になった。そして、助手として全国を歩いたのだが、もともと噺家志望なので、話芸で一人前になりたいという思いが消えなかった。そんな時、長崎で丸一師匠と出会い、その人柄ととぼけた芸風に心酔し、前の師匠の許しを得て、弟子入りしたのだそうだ。

今日の父子再会では、最初、書斎の入口付近で小さくなっている武勇さんに向かって、鏡楽師匠は厳しい言葉を口にしていたが、次第に態度が変わり、息子に対する深い愛情が伝わってきて……このあたりも『火事息子』そのままである。

話が一段落した頃合を見計らって、清子が瓶ビールと白い湯気の立つ枝豆を盆に載せて運んできた。

ビールで乾杯し、会話を続けたのだが、武勇さんは父親と和解できたこと、そして、色物とはいえ、その一門に加われることを心から喜んでいた。その様子を見て、鏡治もうれしくなり、二人は飲むほどに打ち解けてきた。

「今回の件を最初に言い出したのは相棒の方だったんですよ。『お互いに東京の人間なんだし、このまま九州に埋もれるのはよそう』と言われたもんだから」

「そうだったんですか。でも、よかったですね。夢が実現して」

「いや、親父の説明によると、本当に実現するかどうかは、寄席の席亭や協会幹部の評価次第らしい。二、三日中に相方《あいかた》が上京する予定なので、まずはノセモノとして、神楽坂で出番を作ってもらう予定なんですがね」

「ああ、なるほど。うちの師匠も手回しがいいなあ。もうそこまで決まっているんですか」

漢字で書けば『乗せ物』。要するに特別出演のことで、こういう形ならば、協会に所属しない芸人でも定席の高座に上がることが可能になる。

「それにしても、失礼ながら、芸名の由来でもあるその頭……まだお若いのにきれいに抜けましたねえ。鏡楽師匠はいまだにフサフサですよ」

「おふくろの系統がこうなんだよ。母方の祖父も若い頃からツルツルで、僕の場合、顔もその祖父によく似てますね」

「ははあ。お祖父様《じいさま》が……そういえば、うちの息子もあたくしには全然似ていませんが、それは神信心をしたご利益で、うまいこと、母親の血を引いてくれました。女房の親父の顔は知りませんが、たぶん息子と顔立ちが似ているんだと思います。

ところで、あなたがツッコミ、禿二郎さんがボケというのは伺いましたが、どんな感じのネタを演ってらっしゃるんですか」

「どんな感じって……とにかく、僕たちの場合、入りはいつもまるで同じなんですよ」

落語で言えばマクラの部分で、前振りという意味で『フリ』とも呼ぶ。説明によれば、コンビの定番のハイリは、ノッポの禿三郎さんがチビの相方を『ハゲだ、ハゲだ』とばかにするところから始まり、

『ハゲ？　そんなの、お前だって、同じじゃないか』

『冗談言うな。俺の頭の天辺《てっぺん》はフサフサだぞ。お前がチビだから見えないんだ。ねえ、お客さん、そうでしょう。ちゃんと毛がありますよね』

そこから、禿二郎さんが懸命に背伸びをしたり、舞台にお金を落として禿三郎さんに拾わせようとしたりするが、ことごとく失敗するのだそうだ。

「……ははあ、そいつはおもしろい。人気があるのもわかるなあ。じゃあ、そのあと、いよいよ本題に入ってからのネタはどんなふうなんです」

「本題は……うーん。それはちょっと面目ないなあ」

何気なく口にした質問だったが、武勇さんは困った様子で、頭をかく。

「面目ないって、どういう意味です？」

「場所が九州なので、落語なんて知らない人が多い。だったら、東京の噺家さんが演るネタを拝借してもいいだろうと思って……もちろん、寄席に出演する際には全部捨てますけどね」

「要するに、我々が高座で演るネタを漫才に仕立て直したわけですか。イメージが湧きま

せんけど、例えば?」

「ええと、今は夏だから……ボケの相方が『俺、水泳の達人を見たぜ』と言うと、ツッコミの僕が『ふうん。どんな?』『水に顔をつけたまんま、全然上げねえで、川上から川下へすーっと流れてったんだ』『土左衛門《どざえもん》じゃねえか』『さあ、名前までは聞かなかったなあ』とか」

「ははあ。その小噺はちょくちょく聞きますね」

「あとは、短いものだと、僕が『うちの兄貴なんて、すごいんだぞ。水の中に五分は潜っていられるんだから』と言うと、相方が『何だ、それくらい。俺の兄貴なんかな、三年前、ドブンと川へ飛び込んで、まだ上がってこねえんだ』」

「あはははは! なるほど。確かに、そういうネタは定席では演らない方がいいでしょうね」

笑いながらビールを口に含んだ鏡治はふと、妙な気分に襲われた。

(川へ飛び込む……ああ、そうか。ついさっき、ヤスのことを思い出していたからな。まあ、命に別状がなかったからよかったけど、一歩間違えば、なんて考えると、今でも背筋がぞっとする。いくらものの弾みとはいえ、あいつが橋から落ちた直接のきっかけは、この俺がこしらえちまったわけだからな)

赤色灯が回転しながら迫る中、ヤスは『つかまってたまるか!』と叫んで、橋の欄干に足をかけ、身を乗り出した。

（それを見て、驚いた俺はとっさに腕をつかんで止めようとした。普段ならともかく、水かさが増し、流れが速くなった川へ落ちたら、いくら水泳の達人でも命が危ないと思ったからだ。

　でも、ヤスは俺の手を乱暴に振り払おうとした。こっちが手を離さなかったから、もみ合いになり、くるりと二人の体が入れ替わって、欄干を背にすることになった俺は怖さ紛れにあいつの体を押しのけてしまい……）

　次の瞬間、ヤスの体はふわりと橋の欄干を越え、闇の底へと落ちていった。

　耳元でサイレンの音が聞こえ、回転しながら近づいてくるパトカーの赤いライトが目の前に浮かぶ。いつの間にか、呼吸が荒くなっていた。

（まあ、幸いなことに、パトカーに乗っていた警官の眼には俺が飛び込むのを止めようとしているようにしか見えなかったらしく、その件では何も追及されなかったけど……でも、あれで、もしヤスが死んでいたら、一生後悔しただろうな）

　そんなことを考えている時、志朗が小さな竹籠《たけかご》を載せた盆を運んできた。

「おおっ！　偉いなあ、坊や。まだ小さいのに、お利口なんだ」

　武勇さんが頭をなでると、志朗は例によって顔をクシャクシャにして笑う。

　見ると、籠の中身は素揚げにしたコンブ。他愛もないものだが、これは清子が不意の来客をもてなす定番の酒肴で、意外なうまさがあり、仲間内で評判になっていた。

そこに清子が現れ、「何の用意もしていなかったので、ちょっと買い物に行ってきます」と言うと、志朗を連れ、出ていった。

「いやあ、いい奥様ですねえ」

ドアが閉まった直後、武勇さんがため息混じりに言った。

「僕なんか、この年でまだ独身だから、うらやましい限りです。清楚で、可憐。年もまだお若い。お目にかかって、びっくりしましたよ」

「いや、それほどでも……まあ、あたくしにとっては過ぎた女房ですけどね」

「いいえ。本当によくお似合いだけど……こうなると、ぜひ女の子もほしいですねえ。きっと、ものすごい美少女だろうなあ」

「そうとは限りませんよ。今度はあたしに似るかもしれない。万一そうなったら大変で、嫁のもらい手がなくて困るでしょうねえ。あははは！」

6

「そりゃ、稲荷町といったら『累ヶ淵』か『牡丹灯籠』だよ。あれを聞かねえうちには、夏が来たような気がしねえもの」

神楽坂倶楽部の楽屋で、馬八兄さんが言った。八月上席楽日《らくび》の金曜。今はちょうど中入りの時間だ。

「俺も前座の時分には、客席の後ろからお面を被って出てな、女《タレ》のお客の足を濡れ雑巾《ぞうきん》でこすり、キャーキャー言わせたもんさ」

この芝居、兄さんは顔づけされていないのだが、今日は中入りから二本め、クイツキの次の出番を代演することになっていた。

『ワリ』と呼ばれる定席の給金は、お世辞にも高いとは言えないので、十日間のうち、一日か二日は他の仕事を入れざるを得ない。いわばお互い様だから、協会の事務員から代演の声がかかれば、何か予定がない限り、断らないのがマナーとされていた。

今日、稲荷町の師匠はすぐ次の仕事があるそうで、着替えはせず、出番が済むと同時にあわただしく楽屋をあとにした。

『年枝《ねんし》の怪談』に出てくるア、ン、コの『累草紙《かさねぞうし》』ももちろん結構だったが、やっぱり幽太が出ないと寂しいぜ」

「はい。おっしゃる通りです」

鏡治が相槌《あいづち》を打つ。メインの楽屋の壁際で、二人は向かい合っていた。

「お年がお年だから無理は言えねえが、来年は何とか復活してもらいてえなあ」

『年枝の怪談』は、今日のナカトリのネタ。これは正蔵師匠自身が噺家仲間から聞いた実話をもとに創作した一席で、主人公は春風亭《しゅんぷうてい》年枝という若手真打ち。年枝は興行で訪れた神奈川宿で、療治を頼んだ按摩《あんま》をふざけっこから勢い余って扼殺《やくさつ》してしまい、逃亡して、旅から旅への生活を送るうち、最後には噺家を辞めて寺の坊主になる。

しかし、何年か経ったある日のこと、師匠である柳枝《りゅうし》と再会し、神奈川宿の按摩が実は生きていることを知らされる。殺してしまったというのは単なる早とちりだったのだ。もう逃げ回る必要もなくなり、年枝は東京へ戻り、噺家に復帰することが決まる。師匠の柳枝が喜んで、『めでたいから、みんなで手を締《し》めようじゃねえか』と言うと、年枝が『待ってください。扼《し》めるのはもうこりごりです』……これがサゲである。

馬八兄さんが言っていた『アンコ』とは、本来、都々逸《どどいつ》の文句の間に他の音曲のさわりを入れて演じることだが、この場合は噺の中に別な噺が挟み込まれているわけである。

「おい、鏡治。どうだい。お前が埋め合わせに怪談噺って趣向は」

「えっ？　埋め合わせは結構ですけど、なぜあたくしなんですか」

「だって、お前の『もう半分』なんざ、なかなか味があるじゃねえか」

「おほめに与かるのは光栄でして、昨日、琴太にも同じことを言われましたけどねえ」

部屋の隅にいた琴太を一瞥したが、下を向いたまま反応しない。昨日、鏡治が据えたお灸《きゅう》がまだ効いているらしい。

「あの噺はあたくしの出番には大《おお》ネタすぎますし、ナカトリで稲荷町が『年枝の怪談』をお演りになったあとで、またというのは噺がツキますよ」

寄席のルールとして、似た落語が重なることを『つく』と言って、嫌う。例えば、旅の噺のあとに旅の噺を演ってはいけないのだ。

「別にいいじゃねえか、夏なんだし。『今日は怪談大会です』と一言ことわれば」

馬八兄さんの言葉を聞いて、鏡治は噴き出してしまった。確かに原則は禁止なのだが、そこは根がいいかげんな噺家のこと、『長屋の花見』のあとに、どうしても『花見の仇討《あだう》ち』を出したい時には、『ええ、今日はお花見大会ということで』などと言えば大目に見てもらえる場合もあった。

「無理ですって。そもそも、あたくしは『もう半分』を東橋師匠に教えていただいたんですよ」

「ああ、今日は浅草亭がトリか。そいつを忘れてた。だったら、お前が得意にしてる『たらちね』な、あれを怪談仕立てで演ってもいいんだぜ」

「『たらちね』の怪談、ですって？」

兄さんが突然支離滅裂なことを言い出した。

「まさか、そんな落語があるとは思えませんけど……」

「いやいや。それが、本当にあるんだ。二代目の小さん師匠がお演りになったという記録がちゃんと残ってる」

「そうなんですか。不勉強で、まったく存じませんでした」

二代目柳家小さん師匠は晩年に家号を禽語楼《きんごろう》と変えたことから、一般的には禽語楼小さんと呼ばれることが多く、明治期に活躍した名人である。

兄さんの説明によれば、怪談噺仕立ての『たらちね』は、後半の筋書きが異なる。せっかく所帯をもった二人だったが、育った環境がかけ離れていて、言葉遣いの違いが解消できぬまま、思い余った八五郎が女房を手にかけてしまう。

すると、殺された女房が毎晩化けて出てくるのだが、幽霊になっても例の言葉遣いは改まらないで、『恨めしうはべる』。それに呆れた八五郎が『死んでも、まだあんなこと言ってやがる』。そして、『本日はこれぎり』となるのだそうだ。

「……へえ。それはまた、とんでもない落語があったもんですねえ」

「若い頃、旅先で急に怪談噺を注文され、苦し紛れに高座にかけたと聞いたけどな。ただ、『たらちね』に続きがあるというのは本当で、以前は、結局気が合わずに夫婦別れすると いう演り方もあったらしい。噺ってのは、長い月日の間に、お客の耳障《みみざわ》りにならない方向へ流れていく傾向が……ああ、例えば、『寿限無』だって、そうじゃねえか。あれ、本当は川で死んじまうんだものな。今はそう演るやつは誰もいねえけど」

「あ……確かに。あたくし、すっかり忘れておりました」

実際にそう演じた『寿限無』を、鏡治は一度も聞いたことがないが、古い形《かた》では、『喧嘩してコブができた』ではなく、寿限無が誤って川へ落ち、そのことを知らせるために友達が家に駆け込んでくる。

『大変だ！　おばさんとこの寿限無寿限無五劫のすり切れず……ポンポコナーの長久命の長助ちゃんが川へ落ちちゃった』

『何だって⁉　うちの寿限無寿限無……長久命の長助が川へ？　ちょっとお前さん、大変だよ。うちの寿限無寿限無五劫のすり切れず、海砂利水魚の……』

（そんなことをしてる間に、ついに助けが間に合わなくなり……寿限無は川で、溺れ死んでしまう）

頭の中で筋をなぞった時、背中に微かな悪寒を感じた。原因は明らかだったが、出番を控えた鏡治は懸命にそれを考えまいとした。

しかし、芸談好きの兄さんがそこで止まるはずもなく、

「あとは、『もう半分』だって同じだぜ。今はじいさんが自分で橋から身を投げるが、昔は居酒屋の主が橋の上から突き落としたんだ」

「ええっ？　そうなんですか。まさか、そんな違いが……」

「今は演り手がねえが、『正直清兵衛《せいべえ》』という筋がよく似た噺があってな、やっぱり居酒屋夫婦が金目当てに、清兵衛という名前の八百屋のじいさんを出刃《でば》で刺し殺すんだが、そっちでは夫婦の間に生まれた子供が二親《ふたおや》を殺して、その仇討ちを……あっ、師匠、どうも

ご苦労様です」

突然話が中断された理由は、トリの東橋師匠が楽屋入りしてきたからだ。普段よりずいぶん時間が早いし、それに、昨日までとは違って、今日は高座着。黒い紗《しゃ》の羽織と着物で、水浅葱《みずあさぎ》の襦袢の襟が覗いている。着こなしには寸分の隙もないが、その表情は冴えなかった。もともと肌の色が白いのだが、今日は血の気が引いて蒼《あお》く見える。

東橋師匠はテーブルの脇の座布団に崩れるように腰を下ろすと、天板に両肘をつき、

「おう。琴太、悪いが、クイツキに上げてもらえねえかなあ。とうとう熱が出ちまって、無理して、ようやくここまで来たんだ。トン演《や》りで勘弁してもらって、これから医者へ回ろうと思う」

『トン演り』または『トン』とは、短時間で出番を終えることを指す。

「さようでございますか。それはお大事にしていただかなければなりませんが、ただ、今からでは、誰か代わりの師匠を頼む余裕が……あの、馬八師匠、お願いできませんか？」

「申し訳ねえが、このあと、池袋でも代演を頼まれてるんだ」

「では、無理でございますね。ただ、そうすると……」

困った琴太が視線をきょろきょろさせていると、

「こうなったのも俺の責任だから、口を出させてもらおう。鏡治、代理主任《ダイバネ》を頼む。引き受けてくれたら、恩に着るぜ」

「ええっ……？　せっかくのご指名ではございますが、それは無理というものですよ。たとえあたくしが承知しても、お客様に納得していただけません」

「大丈夫《でいじょぶ》だ。俺がクイツキに上がって、ちゃんと口上を言う。『これこれこういう事情でございますから、本日は三光亭鏡治が、あたくしから習い覚えた〈もう半分〉でトリを相務めます』ってな」

「ええっ？　ま、まさか……あの、ダイバネだけでも身に余る大役なのに、なぜ『もう半分』なのでございましょう」

「だって、お前に俺が教えたのはあの噺だけだし、トリなんだから、大ネタでないと……ああ、もう中入りはお終《しめ》えか」

太鼓の音を聞き、東橋師匠が立ち上がったが、フラフラと足元が定まらない。

日本一の人気落語家なのに、こんな状態でも寄席を抜かないのは実に律義だと、鏡治は感心したが、自分にとって、ダイバネは荷が勝ちすぎるし、まして『もう半分』など演る自信はない。けれども、ここまで来ると、もう引き受けないという選択肢はなかった。普段から、いろいろとお世話になりっぱなしなのだ。

鏡治も立ち上がり、完全に途方に暮れながら、東橋師匠の後ろ姿を見送った。

7

「ええ、ご覧いただいております『一つ毬』、続きましては、お撥《ばち》二本に毬、さらに、くわえ撥が加わります」

下手《しもて》の袖で、鏡治はうつむいたまま、高座から聞こえてくる口上に耳を傾けていた。

「口にくわえた撥の先を天井へ向け、そこに放った毬を載せまして……はい。これが『天狗の鼻止め』でございます」

お得意の技が決まると、場内が大きくどよめいた。今日は昨日よりも客足がやや上向き、六割程度の入りだ。

この芝居、昼の部のヒザを担当しているのは、太神楽の鏡味《かがみ》仙三郎《せんざぶろう》・仙之助《せんのすけ》のコンビ。やはり丸一の流れで、八年前に亡くなった江戸太神楽十二代目家元鏡味小仙《こせん》親方の弟子だ。二人とも三十代前半だが、売り物の『一つ毬』などはすでに名人芸の域に達していた。

(……何だか、妙なことになっちまったなあ。トリを取るのは結構だが、よりにもよって、浅草亭の代わりだなんて。俺なんかに、そもそも務まるわけがねえぜ)

薄暗い床を見つめながら、ため息をつく。一年中、ほとんど休みなしの興行だから、ハプニングには事欠かない。出番の入れ替えや代演、さらにはダイバネも日常茶飯事だし、もっとひどい時には、プログラムがほぼ跡形もなく変更されたりもする。

これは極端な例だが、大雪や大雨、事故などが原因でその日のトリが到着せず、ヒザの色物がトリの分まで演り、ハネてしまったことまで、過去にはあった。それは知っているのだが、まさか異例の事態が自分の身へ降りかかってこようとは思っていない。鏡治が戸惑うのも当然だった。

〈東橋師匠が口上を言ってくれたおかげで、お客は誰も帰らずに残ってるが、俺の噺が始まれば状況が変わる。下手をすれば、蹴られちまうぞ〉

『蹴られる』は、まるでウケず、客席がしらけきってしまうような状態を指す。

クイツキの高座に上がった東橋師匠は、最初に『色っぽいのは眼病女《めやみおんな》と風邪引き男なとど申しますが、ちょいと色気を出しすぎちまいまして』などと、お客を笑わせたあとで、事情を説明し、『いずれ埋め合わせはさせていただきますが、本日のところは、鏡治があたくし直伝の〈もう半分〉をご披露いたしますので、どうか聞いてやってください。お急ぎのご用のある方は、あたくしが喋っている間にお帰りいただきますよう』と、そこまで言ってくれた。だから、義理でも残らざるを得なかったのだ。

「それでは、『鶯《うぐいす》は谷渡り』に続きまして、お次はくわえた撥に、毬を載せたもう一本を立てます」

一つ毬の技は、いよいよクライマックス。

「ここから、立てた方の撥を後ろへ放って、毬をくわえ撥に載せますが、うまくいきますかどうか……はい、大成功！　これが『弘法《こうぼう》は投げ筆』。これにて、お後と交替させていただきます。どうもありがとうございました』

ヒザの高座が終わり、黒紋付きに袴姿の二人に「お疲れ様でした」と言って、すれ違う。下手《しもて》の太鼓部屋から、三味線と太鼓の音。出囃子の曲はいつもの『じんじろ』ではなく、トリが登場する際に弾かれる『中《ちゅう》の舞《まい》』だ。

商売物の扇子を右手に持ち、手ぬぐいは懐に入れ、鏡治は高座中央まで歩いた。

着物の裾《すそ》を気にしながら座布団に腰を下ろし、扇子を前の床に置いて、お辞儀をする。そして、拍手が止むのを待ってから、

「ええ、ご来場いただき、まことにありがとうございます。先ほど、東橋師匠からご説明がありましたが、そういった事情でして、特に女性のお客様方はこの顔をご覧になり、さぞお力落としのこととは存じますが……」

顔をしかめながら、再びばか丁寧なお辞儀をすると、最前列にいた三十代くらいの女性が突然、大声で笑い出した。

何かが琴線に触れたのだろうが、笑ったのはたった一人だけなので、鏡治の方が驚いてしまった。派手なピンクのブラウス、きつくパーマをかけた髪、夜の商売でもしているのか、化粧が濃い。女性三人連れの真ん中の席である。

「我々の方で、よく『儲《もう》かる』なんてことを申します。もともとはお金が稼げるというところから来ておりますが、例えば、『この噺は暮れの時期に儲かるから』とか、『これは学校寄席の時に儲かる』などと使います。ですから、まあ、お客様に喜んでいただける、という意味なんでしょうね。そして、夏場のこの時期に寄席で儲かるのは、怪談噺ということになっておりまして……」

するとここで、最前のピンクのブラウスの女性が眼を輝かせ、今度は一人だけ拍手をした。周囲から浮いたこの反応に、両隣は困った顔をしている。

（お化け屋敷や怪談は女が好むものと相場が決まっているが、それにしても……昼席なのに、酒でも飲んでから来たのかな？）

高座の上で、鏡治は困惑しながら考えを巡《めぐ》らせた。

（いや、もしかすると、何かの事情で情緒不安定になっているのかもしれない。例えば、躁病の気《け》があるとか……）

漠然とした不安を感じたが、お客の前で演ると宣言してしまった以上、いまさら『子ほめ』や『てんしき』もできない。

「ええ、江戸と申しました昔、隅田川に架かる永代橋《えいたいばし》のたもとに一軒の居酒屋がございました。ただし、上等な居酒屋じゃありません」

覚悟を決め、鏡治は本題に入った。羽織の紐を解き、両手で袖《そで》をつまむようにして、背後へ落とす。

「樽の腰かけがいくつかあって、ちょいとつまむもの、紅生姜《べにしょうが》だとか鉄火味噌が置いてある程度で、ごく小さい。こんな店ですから、あまりいい客はまいりません。野菜なんぞを担いで、一日中商って歩き、ここに寄って一杯やって、あとは家で茶漬けでもかっ込んで寝てしまう。そして、あくる朝になると、お天道《てんと》様と競争で表へ飛び出して……そういう人たちが来る店でございます。

『こんばんは。ええ、今日は少し遅くなってしまいましたが……』

『ああ、おいでなさい。いえ、今ね、店を終《しま》おうかと思ってたところですよ』

『まことに申し訳ございません。恐れ入りますが、またいつもの通り、半分いただきたいと思いまして……』」

8

『もう半分』は別名を『五勺酒《ごしゃくざけ》』ともいい、五代目古今亭志ん生《ここんていしんしょう》師匠の十八番の一つだが、稲荷町の師匠のいわば盟友である五代目古今亭今輔《いますけ》師匠も得意にしていて、どちらも甲乙つけがたかった。

ただし、この二人の口演では舞台となる居酒屋の所在地が違い、志ん生師匠が千住の小塚原なのに対して、今輔師匠は永代橋のたもと。鏡治は東橋師匠から教わった通りに演っているが、まあ、自分が住んでいる町内から離れてもらった方が気は楽だ。

この居酒屋の常連客の一人に青物の行商人のおじいさんがいたが、少し変わっていて、『酒を一杯』とは決して注文しない。茶碗に半分だけ、つまり五勺の酒を注いでもらい、飲み終わると、『もう半分ください』と言って、また茶碗を差し出すのだ。

そのことを不審に思い、主が訳を尋ねると、『一杯ずつ三杯飲むよりも、半分ずつ六杯飲む方がよけいに飲んだような心持ちがする』との答え。そして、その晩は普段よりも酒を過ごし、店をあとにする。

「『今日は商いじゃなかったんですか。ああ。用事があって、お休みに……さようでしたか。じゃあ、ごめんなさい。

……ちぇ。もう半分、もう半分と言われても、五勺の枡《ます》なんてないから、面倒で困るぜ。面長で鼻がツーンと高く、眼がギョロッとしてて、白髪交じりの……何だか、気味《きび》の悪いじいさんだよな。まあ、毎日来てくれるんだから、ありがてえ客だけどさ』」

ぶつくさ言いながら主が片づけにかかると、おじいさんが忘れていった風呂敷包みに気づく。中に入っていたのは五十両という大金。仰天した主は返してやるため、あとを追おうとして、女房に止められる。

亭主が小心者なのに対し、この女房は実にしたたかな女で、

「『いいよ、行かなくったって。向こうが勝手に忘れてってたんだから』

『ええっ？　だって、もし取りに来たらどうするんだい』

『ないって言えばいいさ。あのね、よくお聞き。あたしはこんなにお腹が大きくて、今日生まれるか、明日生まれるかって体なんだよ。そうなりゃ、すぐに金が要るじゃないか。もう、貧乏暮らしには飽き飽きしてたんだ。人間、太く短く生きなきゃ、つまらないやね』

『でもさ、お前、いくら何でも……』

『うるさいねえ。こんなに言ってるのに……あっ、戻ってきたよ。お前さんは奥にいればいい。あたしが出るから』」

　噺にはめったに登場しない、人の出入りが激しい緊迫した場面。ここがこの演目を演る醍醐味の一つで、鏡治は最初の戸惑いを忘れ、高座に熱中し始めた。

　あわてふためきながら店に入ってきた八百屋のおじいさんが『ここに包みがあったはずだ。出してくれ』と懸命に懇願し、問題の五十両は老いた父親のために娘が吉原《よしわら》に身を売って渡してくれた金だと明かし、『あの金がないと、生きていられない』と言うが、女房はあくまでも知らぬ存ぜぬで押し通そうとする。

「『いつまでもくどくどと、しつっこいたらありゃしない。ないものはないんですよ！』

『あ、ああ、そうですか。だけどね、おかみさんは知らなくても、お宅の旦那が見つけて、きっとどこかにしまっといてくれたでしょうから、旦那が帰るまで、あたしはここを動きません』

『そんなこと言ったって……あっ、帰ってきたみたいだね。ちょいと、お前さん、こっちへおいでよ』

『ん？　ええと、何だい』

『八百屋さんがね、ここに五十両の金を置いてったと、そう言ってんだけどさ、お前さん、さっきここを片づけた時、そんなもの見なかっただろう。ねえ、ありゃしなかっただろ！』

『えっ……だ、だから、そりゃあ、お前《めえ》……』」

と言い淀んだのはいつも通りだったが、この時、鏡治は不思議な気分に囚《とら》われた。

悪事をそそのかされた主だが、ここで踏みとどまれば、その後の悲劇は起きない。『何だ。あの風呂敷包みはお前さんのかい』と渡してやれば、女房もまさか制止はできないから、あとでぶつくさ言われる程度で済む。

そんなことを考え、先を続けるのにためらいを覚えたのだが、もちろんそれはほんの一秒か、二秒の間だ。

「『……こことこに、かい。いや、なかったなあ。あれば、取っとくんだけど、ないものはどうしようもねえ』

『そう、ですか。あなたまでないとおっしゃるなら、もう取りつく島もありません。へえ。

どうも、相すみませんで……』

『……お、おい。出ていったぜ。返《けえ》してやろうよ。かわいそうじゃねえか。娘が女郎《じょうろ》になって、こしらえてくれた金だと言ってたぞ』

『いいよ、気にしなくたって。その娘だって、客をだまして金を盗《と》るんだ。物事はじゅんぐりだよ』

『お前はそう言うが、俺は気になって、どうしようもねえから……じゃあ、俺は一《ひと》っ風呂《ぶろ》浴びてくるからな。店を片づけといてくれ』

女房の目が光っておりますから、金を返すことはできないが、とりあえず様子を見に行こうと、亭主は急いで店を出ます」

ここからは地の語りとなるため、顔を正面に向け、客席の中央付近を見つめながら、

「永代橋のたもとまでやってまいりますと、橋の真ん中で、例のおじいさんが欄干に寄りかかって両手を合わせております。

『これは大変だ！』と思い、主は気がとがめますから、急いで駆け寄ろうとすると、一足違いで、ドボーンと川へ――」

「キャー！　やめて、やめてぇー！」

一瞬、何が起きたのか、わからなかった。絶句し、視線を少し下げた時、ピンク色の服ときつくパーマをかけた髪が、至近距離で鏡治の目へ飛び込んできた。

最前列にいたあの女性だ。いつの間にか椅子から立ち上がり、憑《つ》かれたような眼で鏡治を見つめていた。見ると、瞳孔が開ききっている。

「……やめて。死んじゃだめ……死ぬのはだめなの」

半開きになった口から、低い声が漏れる。抑揚がなく、まるで地の底からでも響いてくるようだった。

「だめ……やめて……やめてぇー！　ワア！」

言葉として聞き取れたのはそこまでだった。あとは、意味不明の咆哮《ほうこう》が場内に響き渡る。

制止するべきなのだろうが、鏡治はなす術《すべ》もなく、ただ体を震わせているしかなかった。

すると、女性は悲鳴を上げながら高座の床に手をかけ、何と、よじ登ってこようとする。

鏡治にはそれが、川底から復讐するために蘇ろうとする水死人そのものに見えた。

9

「とんだ災難だったなあ、鏡治。まあ、交通事故にでも遭ったと思って諦めてくれ」

寅市若旦那がそう言って、顔をしかめた。場所は神楽坂倶楽部の玄関ホール。すでに夜の部が開演し、客席の方からマイクの音声と笑い声とが聞こえてきた。

「言うまでもねえことだが、うちではお前に責任があるなんて、爪の先ほども思っちゃいねえからな」

「そうおっしゃっていただくと、少しはほっといたしますが……」

相手の方が年下だが、立場が違うから、当然ながら鏡治の方が敬語を使う。二人は楽屋へ続く通路の入口付近で立ち話をしていた。

「何しろ、とんでもない騒ぎになっちまいましたから」

「確かに混乱はしたが、まさか『もう半分』であんなことになるなんて、誰も思わねえさ。怪談くらいで、いちいち救急車を呼ぶ騒動が起きるのなら、夏場は楽屋に一一九番専用の電話線を引かなくちゃならねえ」

岸本寅市氏は三十三歳だが、肥満体のせいもあって、実年齢よりもかなり上に見える。寄席の跡継ぎなので、ずいぶん見合いもさせられているようだが、まだ独身だ。

「だけど、まさか鬱病の薬を呑んでから、うちへ来るとはなあ。友達二人も、病人の気持ちを明るくしてやるつもりだったらしいが、完全に裏目に出ちまった」

よく誤解されるのだが、落語などというものは気持ちに余裕があるから笑えるのであって、深刻な悩みを抱えている人を元気にするほどの力はない。それを知らずに引っ張ってくるから、こんなトラブルが起きるのだ。

鏡治の高座の最中に突如叫び始めたあの女性だが、年はどうやら三十絡みらしく、連れの二人の話によると、ちょうど一年前に恋人を亡くし、それが原因で鬱病を発症。現在は休職して療養中なのだという。

　ホステスじみた見た目とは異なり、本当の職業は公務員。つい先日まで、都の出先機関の窓口に座っていた。派手な服装や髪形、濃い化粧はすべて病気の治療薬の影響で、一時的に躁状態になっていたらしい。

　ちなみに、恋人の死因は自殺。『もう半分』とは違い、ビルの屋上から身を投げたそうだが、行為自体は共通しているから、その場面を連想し、パニックに陥ったのは無理もなかった。

　件《くだん》の女性は連れの二人に宥められ、元の席に座らされたところで気絶して、担架で救急車に運ばれた。さっき楽屋に連絡が入ったが、すでに病院で意識を回復し、体調にも特に問題はないそうだ。

「表方が木戸に控えてはいるが、さすがに心の病気までは見抜けねえからな。まあ、何だよ。たまにはこんなこともあるさ」

　若旦那が慰めてくれた。寄席にはさまざまな人たちが来るから、お客様に不快な思いをさせないよう、さまざまな配慮がされていた。

　その一つとして、体に何か障害のある、例えば眼の不自由な方が来場すれば、その旨を知らせる紙の帯がネタ帳に巻かれる。すると、その日は『心眼』『麻暖簾』『按摩の炬燵《こたつ》』などの噺は口演を自粛することになるわけだ。

「せっかくのトリだったのに、気の毒なことをしたな。次の出番を用意するから、その時は張り切って頼むぜ」

「ありがとうございます。今後とも、どうかよろしくお願いいたします」

楽屋に戻る若旦那と別れ、表方の「お疲れさまでした」という声に送られて、鏡治は外へ出る。

(お前に責任はないと言われても、『はい。さようでございますか』と簡単に納得はできねえよなあ)

路地を歩きながら、鏡治は思った。

(東橋師匠から直々《じきじき》に頼まれたダイバネなのに、その大役を果たせなかったわけだから。今日だって、さすがに『もう半分』の続きを演るのは無理にしても、白けきったまま客を帰さずに、小噺を演るとか、『かっぽれ』か『深川《ふかがわ》』でも踊るとか、何かすればよかったんだ。あの時は俺自身が正気を失っちまって、そんなとこまで頭が回らなかった)

反省しながら歩を進めるうち、神楽坂通りに出る。ここから坂を下れば、飯田橋駅。いったんはそちらへ行きかけたのだが、思い直し、鏡治は逆方向へ歩き始めた。

そして、善國寺の境内に足を踏み入れる。験直《げんなお》しのつもりで、お参りしていこうと思ったのだ。今日はまだ午後六時前で、明るいせいか、参詣する家族連れが何組もいた。

玉砂利を踏みながら本堂に向かう間、鏡治は『もう半分』の後半の筋を思い浮かべていた。居酒屋夫婦は五十両の金で店を改築して大繁盛。やがて、臨月になり、男の子が生まれたが、その顔は川へ身を投げた八百屋のおじいさんにそっくりだった。それを見て、驚いた女房はそのまま息絶えてしまい、亭主は仕方なく乳母《うば》を雇うのだが、なぜかみんな、五日ともたずに辞めてしまう。

そこである晩、正体を見定めようと夜通し見張っていると、八《や》つの鐘が鳴ったとたん、布団の中で寝ていた赤ん坊がむっくり起き出し、行灯《あんどん》まで歩いていって、油をペチャペチャなめ始めた。

逆上した亭主は棒を振り上げ、『じじい、化けやがったな!』。すると、赤ん坊が振り返って、『もう半分ください』。

サゲはいわゆる『考えオチ』というやつで、演者によって、『もう半分』だけだったり、『ください』がついたりする。稽古してくれた東橋師匠は前者だが、鏡治はわかりやすさを優先して後者を採用していた。

(演りがいのある噺だから、ちょくちょく高座にかけていたが、これから先、しばらくはやめにしよう)

本堂への石段を、一段一段踏み締めながら上がっていく。

(ヤスが川へ落ちた時のことを思い出して、嫌な気分になる。命は無事だったんだから、頓着する必要はないんだが……俺も年を取ったのかな。何だか、気になっていけねえ)

石段を上がりきり、まずはお賽銭《さいせん》と思って、ズボンのポケットから財布を取り出そうとした時、後ろから軽く肩を叩かれた。

ぎょっとして振り返ると、

「よお。鏡治師匠、久しぶりだったなあ」

「えっ？　あの、どなた……か、亀ちゃん！　いや、萬坊兄さんじゃありませんか」

彼の肩を叩いたのは、中学校時代の同級生である西山亀造。すでに廃業はしているものの、一時は金鈴亭萬坊を名乗り、鏡治を噺家の世界へ誘ってくれた、あの亀ちゃんだった。

10

「……そうかい。馬八の野郎もこの店によく来るのか。寄席のすぐ近くだしな」

焼酎の梅割りをすすりながら、亀造が言った。場所は善國寺裏の鳥寅だ。

「懐かしいなあ。久々に一緒に飲みたいとは思うが……ひょっこり、やってこねえかな」

馬八兄さんより三年も先輩なので、こういう言い方になるのは当然である。

「何なら、電話して呼ぼうか。ええと……六時半か。池袋の楽屋に電話すれば、つかまえられるんじゃないかな」

「いや、電話しなくていいよ。向こうは売れっ子の真打ち様。尾羽打ち枯《おはうちか》らしたこの俺が、呼びつけていい相手じゃねえもの」

　寂しそうな笑みを浮かべ、また赤い液体をすする。店に入って、まだ三十分も経たないが、これが三杯め。店内は今日も大盛況で、脂の焼けるにおいと煙が濃厚に漂っていた。

　亀造と鏡治の関係は複雑で、中学時代は同級生だが、鏡治の入門以降は向こうが先輩。当時、会話をする際には敬語を使っていたが、たまに地元へ帰り、仲間との飲み会で顔を合わせれば言葉遣いががらりと変わる。

　萬坊という名前を取り上げられて以降は会う機会もなく、十六年ぶりに顔を見た瞬間、鏡治はとっさに芸名と敬語で呼びかけたのだが、相手が『友達の亀ちゃんでいいよ』と言ったので、すぐ昔に戻った。今日の再会は偶然ではなく、寄席の出番を確認して足を運んでくれ、鏡治が出てくるのを待って、追いかけてきたのだそうで、『とりあえず一度会って話がしたいと、前々から思ってたんだよ』と言われた。

「あっ、こいつは失礼。売れているのは馬八ばかりじゃなかった。鏡治師匠だって、近頃売り出し中だ。今日の出番もトリだったしな」

「よしてくれよ。そもそもダイバネだし、それに、あんなことになっちまって……」

「お客が騒ぎ出したのは、別にお前のせいじゃねえさ。いや、正直なところ、うらやましいよ。定席でトリを取る日を、俺だって、夢に見てたわけだから」

　グラスの梅割りを飲み干し、すぐにお代わり。あまりにもハイペースなので少し心配になってきたが、この状況で口を挟む勇気は湧かなかった。

亀造……というより、金鈴亭萬坊が噺家廃業に追い込まれたのは、贔屓客から萬喬師匠へと言《こと》づかった金を競馬で遣い込んでしまったのが原因だ。金額は五万円だったから、露見した直後にあわてて金策し、師匠宅へ持参したのだが、『金にだらしないやつは家《うち》には置けない』と宣言され、破門されてしまった。

（萬喬師匠って人は、謹厳実直と言えば聞こえはいいが、稲荷町の師匠のような懐の深さに欠けてるからなあ。自業自得には違いねえが、運も悪かったんだ）

そんなことを考えながら、自分もチューハイを口に含み、昔の仲間の横顔を見る。

（十五年以上も会わずにいたんだから、お互い老けるのはあたり前だが……また、ずいぶんな違いだよなあ）

名前を呼ばれた時、すぐに気づいたのは声が昔と変わらなかったせいで、どこかの街角で会ったとしても、たぶん、そのまますれ違ってしまっただろう。

頭が坊主から角刈りになったくらいは序の口で、真ん丸だった顔から頰の肉がそげ落ち、肌は土色で、しかもカサカサ。何かの中毒に陥っている人間に特有の変化で、原因はどうやらアルコールらしいが、顔を見た時にはもっと危険な薬物かと勘ぐったほどだ。

「それにしても、亀ちゃんが茨城に帰ってたなんてなあ。話を聞いて、びっくりしたよ」

皮の塩焼きの串を横ぐわえにしながら、鏡治が言った。名物のイカのキンタマをはじめ、いろいろ注文したのだが、亀造は飲む一方で、まったく手を出そうとしない。

「研究学園都市の話はいろいろ聞いたが、まだ行ってはみなかった」

「都市と言っても名ばかりで、住所は桜村《さくらむら》だし、建物もまだまだこれからで、どこもかしこも空き地だらけだけどね」

筑波《つくば》研究学園都市の建設は十数年前から始まっているが、その中核地域となるのが新治《にいはり》郡桜村で、筑波大学もここにある。亀造の現在の住まいはこの村に隣接する筑波郡大穂《おおほ》町で、建築・土木現場への人材派遣の仕事をしているという。

今も都市建設の真っ最中だから、眼のつけどころがいいなとは思ったが、同時に、暴力団などとの関係が噂される一筋縄ではいかない業種でもある。ただし、そうは言えずにいると、

「口入れ稼業といっても、長兵衛《ちょうべえ》さんにはほど遠い。せいぜい風鈴の源兵衛《げんべえ》程度の下っ端さ」

亀造がそう言ったので、鏡治は笑ってしまった。

『芝居の喧嘩』という落語があり、歌舞伎などで有名な水野十郎左衛門《みずのじゅうろうざえもん》と幡随院《ばんずいいん》長兵衛の争いが下敷きになっている。長兵衛は浅草花川戸《はなかわど》の口入れ屋で、その子分が釣鐘弥左衛門《つりがねやざえもん》。そのまた子分が半鐘《はんしょう》の八右衛門《はちえもん》、さらに子分で風鈴の源兵衛……となるのだが、そんな人物が本当に実在したかどうかは知らない。

亀造の実家は土浦市内にあり、両親のほかに、たしか弟が一人いたはずだが、昔から家族のことになると口が重くなる男だったから、いまさら触れる気にはならなかった。故郷に帰ったのは噺家廃業の翌年で、そこからいろいろと苦労があったらしい。

「ところで……どうだい、亀ちゃん。昔の仲間には会ってるのかい」

このあたりの質問なら、まあ、無難な線だろうと思った。

「いや、そういうことはめったにないな。俺の場合、本当の地元は離れちまったから、中学の同級生とはなかなか顔を合わせる機会が……あっ、そうだ」

亀造は一瞬顔をしかめると、「なあ、久市」と、鏡治を本名で呼んで、

「お前、ヤスが死んだって話、誰かから聞いてたか」

「えっ？　ヤスって……中学の時、同じクラスだった斎藤康男のことか」

確認すると、眉を寄せながら、はっきりとうなずく。

「……そうだったのか。あいつがなあ。全然知らなかったよ」

11

予想外のことを告げられ、驚きはしたが、それでも、比較的冷静に事実を受け止めることができた。

（昨日、白鬚橋のたもとで、ヤスのことが急に頭に浮かんできたが……もしかすると、今日、この話を聞くのを予感していたのかもしれないな）

鏡治はそんなふうに納得したが、昔の仲間の死を知った落胆はもちろん大きかった。

「一度、死に損なったやつは長生きするなんて、よく言うが、あんまりあてにならねえなあ。で、いつだったんだ？」

「ええと、もうずいぶん前……あれは、俺が大穂にとぐろを巻いた翌年だな」

だとすると、今から十四年前。鏡治の二つ目昇進の前年にあたる。上京してから五年経っているので、噂が耳に入らなかったのも無理はなかった。

「死因は何だったんだ？　病気……それとも、オートバイで交通事故とか」

「いや、違う。溺死だよ。さぞ、苦しかっただろうな」

「えっ、溺死……？　そうなのか。それは、何ともひどい因縁だなあ」

桜川の橋の上から身を投げたのは、それよりも七年前。その時には何とか命を取りとめたが、結局溺れ死んでしまうなんて。事情を知る鏡治にとっては、忌《い》まわしき因縁とでも言うほかなかった。

「まあ、溺死で間違いないとは思うが、百パーセント断定はできなかったんだ。警察も調べようがなかったみたいで……」

梅割りをぐいと飲んで、亀造は深いため息をつき、

「早い話が、『野ざらし』の骨と一緒だからな」

「えっ、コツ……？　あの、それ、どういう意味だい」

『野ざらし』は、昭和三十一年に亡くなった三代目春風亭柳好《しゅんぷうていりゅうこう》師匠の十八番として知られているが、お調子者の八五郎が隣に住む『先生』の話を聞き、向島の河原まで水死人の骨を探しに行くという噺である。

「何って……そのまんまさ。桜川の河口付近の霞ヶ浦で、魚を捕る網に引っかかってきたんだ。七年間も水に浸かってたから、完全に白骨化し、服まで腐っていた。歯の治療痕で、やっと人物が特定できたんだそうだ」

「七年も水に……そんな、ばかな。う、嘘だ！　嘘に決まってる」

脳天を痛打されたような衝撃を受け、鏡治は反射的に立ち上がっていた。掛けていた丸椅子が床に転がり、乾いた音を立てる。

「お、おい、よせよ。落ち着け。何がどうしたってんだ？」

亀造は狼狽し、鏡治の服をつかんで、何とか座らせようとする。

「周りでみんな見てるじゃねえか。友達が死んだのを知って、ショックなのはわかるけど――」

「いや、あの時、ヤスは死んでなんかいない！　橋の上で起きた、あの事件の翌日……えと、どうしたんだっけ？」

鏡治は必死に古い記憶を掘り起こそうとした。周囲の視線が自分に集中しているのはわかったが、そんなことを気にする心の余裕はない。

「だから、次の日の午後、誰か友達に会って、ちゃんと無事を……ああっ、そうだ！　お前から聞いたんだった」

相手の眉間《みけん》を指した指が額に触れそうになり、亀造は大きく体をのけ反らせた。

「お、おい。何だよ。俺から何を聞いたってんだ」

「覚えてないか？　警察署を出て、駅の方へ歩いていたら、亀ちゃんにばったり会ったんだ。それで、取りすがるようにして、『ヤスについて、何か連絡がなかったか』と聞いたら、『ヤスなら、今朝会ったけど、ピンシャンしてたぜ』って、お前が……だから、俺はずっと無事だと信じていた」

「ええっ？　いきなり、そう言われても……まあ、とにかく腰を下ろせよ。ほら」

倒れていた椅子を元通りに戻し、鏡治を座らせる。亀造は腕組みをして、しばらく考えていたが、急にぱっと眼を開けると、

「……思い出した。確かに、会ったよ。そんな古いことをなぜ覚えてるかというと、お前の様子が明らかに変だったからさ。ただ、その時、康男について何かきかれたという記憶はないけどなあ」

「いや、間違いなくきいたんだ。あの時、俺は絶対に――」

「待ってくれよ。ひょっとして……安井と勘違いしたのかな」

と、今度は亀造が鏡治の言葉を遮る。

「ヤ、ヤスイ……？　誰のことだ」

「太郎《たろう》だよ。安井太郎って、いただろう。高校一年の時、俺たちと同級生でさ。一学期の期末考査でカンニングしたのを見つかって、すったもんだしたあげくに、『こんな学校いられるか！』と職員室で啖呵《たんか》切って、退学したじゃないか」

「安井、太郎……確かに、いた。じゃあ、『ヤス』と俺が言ったのを、お前が『ヤ、ヤスイ』と聞き違えて……」

つぶやいた時、鏡治は愕然となった。両者に実際の発音の差はほとんどない。

(事件があった当時、俺も亀ちゃんもヤスとはすっかり疎遠になっていたが、安井太郎とは麻雀をやったりして、盛んに遊んでいた。あの状況では、亀ちゃんが取り違えたのも無理はない。だったら、なぜ俺はもっと念を入れて確認しなかったのか……)

その時、ふと、ある可能性が脳裏に浮かんできた。

(もしかすると、俺はきちんと確認することを無意識のうちに避けていたのかもしれない。亀ちゃんの『ピンシャンしてる』という返事を聞いた瞬間、疑う気持ちを無理に封じ込めて……きっと、そうだ。つまり、安心したかったんだ、俺は。

二十一年前のあの晩、ヤスは濁流に呑まれて死んでいた。そして、意図しなかったとはいえ、突き落として、殺したのが、この俺……)

猛烈な息苦しさに襲われ、鏡治は全身が激しく震え出すのを意識した。

12

重い足を引きずりながら、鏡治は歩いていた。したたかに酔い、足元が定まらなかったが、頭の中は妙に冴えていて、人情噺のネタぐりだってできそうだ。

(俺がヤスを殺し……いや、そこまではないにしても、三途《さんず》の川を渡る小舟の艫《とも》を押したのは間違いない。ものの弾みとはいえ、体を突いてしまったんだからな。それに、そもそも俺が手を出さなければ、あいつは途中で怖じ気づいて、飛び込まなかったかもしれない。警察に逮捕はされただろうが、まだガキだったし、微罪で済んだはずなんだ)

自宅へ戻る、いつもの道。明治通りに入ってから一度も顔を上げていないので、何だか知らない道を歩いているような気がした。

時刻は午後十一時半を回っている。大通りなので街灯はともっているが、酔いのせいか、足元がひどく暗く感じられた。

毘沙門様の裏の焼鳥屋で、鏡治は中学時代の同級生・西山亀造から衝撃的な事実を告げられた。狼狽した鏡治は何とかそれを打ち消そうとしたが、話せば話すほど否定するのが困難になり、最後は黙り込むしかなかった。

すべては鏡治の独り合点だったのだが、その原因は自分に都合のいい情報に飛びつき、検証を避けた態度にあったと言える。いまさら弁解にもならないが、まだ十代のガキで、事実を受け止める度胸がなかったのだ。

亀造の話によると、ヤスと継母との関係はやはり最悪で、父親も完全に女房の味方。年が離れた、母親の違う妹がいたことはいたが、家庭内の居心地は最悪だったから、行方不明の期間が長くなっても、特に探してはくれなかったらしい。

鳥寅を出て、亀造と別れたのは午後八時過ぎだが、それから別の店で飲み続け、こんな時刻になってしまった。

(早い話、稲荷町の師匠がお作りになった『年枝の怪談』の真逆《まぎゃく》だ。あっちは殺したと思ったら、実は生きていたわけだからな)

ゆっくり後方へ流れていく乾いた路面を見つめながら、鏡治は心の中でつぶやいた。

(何とも言えねえくらい皮肉な……いや、もう過ぎたことだ。とっくの昔に終わっちまったことなんだ。いまさら悩んでみたって、どうなるもんでもねえ)

最後にすがるのはこの点しかなかった。今日になって事実が判明したから、うろたえているだけで、あの時、すぐに死体が発見されていれば、今頃はお盆と命日に思い出す程度だったかもしれない。

（下手をすると、『もう半分』は生涯、演れないかもしれねえが、身から出た錆と思って、諦めるしかねえな）

何度も転びそうになりながら、どうにかアパートへ。

階段を上がるのが一苦労だった。手摺《てすり》にしがみつきながら何とか自分の家の前までたどり着いたが、そこで足がもつれ、「あっ！」と声を上げながら尻餅をついてしまった。

「お帰りなさ……まあ、どうしたの、キューちゃん。そんなに酔って」

ドアが開く音。見上げると、心配そうな清子の顔があった。

「別に、何でも……よ、酔ってなんか、いねえ。大丈夫《でいじょぶ》だよ」

『親子酒』『ずっこけ』『替わり目』など、泥酔した人物を演じるのは得意だが、素面《しらふ》のふりをするのは慣れていない。口では強がってみたが、足に力が入らなかった。

妻の手を借りて何とか立ち上がり、部屋に入る。テーブルの脇に崩れるように座ると、

「酒だ、酒！　酒、あるだろう。早く持ってこい」

自宅でさらに飲み直すことはまれだったが、今夜はアルコールが切れるのが怖い。酔えるだけ酔って、朝まで死んだように眠りたかった。

「まだ飲むの？　それ以上は体に毒。よした方がいいわよ」

「何だと、このアマ！　手前《てめえ》、亭主に説教する気か」

別に腹は立たなかったが、つい荒い口調になってしまった。清子が悲しげに眉を寄せる

のを見て、後悔の念が湧いたが、謝る勇気も出ないまま、

「い、いいから、とにかく、酒を――」

「こらっ！　いじめるな」

背後から肩に何かがあたり、ペシャリと頼りない音を立てた。振り向くと、志朗が玩具《おもちゃ》の刀を両手に握って、自分を睨んでいた。そして、刀を頭上に振りかぶると、甲高い声で、

「ひとーつ、ひと、のよのいき、ちをすすり」

そう言って、また切りつけてくる。

「ふたーつ、ふら、ちなあく、ぎょうざんまいー」

テレビで人気の時代劇『桃太郎侍《ももたろうざむらい》』の殺陣《たて》で、高橋英樹《たかはしひでき》扮する主人公が口にする決め台詞だ。意味がわからずに喋っているので、先日の『たらちね』の言い立てと同様、息継ぎがおかしいが、まだ三歳の子供にしては上出来だった。

そんな姿に接して、少し機嫌を直し、『さすがは俺の子だ』とほめてやるつもりで、抱き上げた瞬間、

（ううっ！　な、何だ、こいつは……一体、誰なんだ？）

見慣れているはずの息子の顔が、自分とは縁もゆかりもない他人の顔に見えた。それどころか、眉を吊り上げたその形相《ぎょうそう》が、本当に自分を殺しに来たように思えたのだ。

恐怖に駆られ、急に手を離すと、支えを失った志朗が不自然な姿勢で畳の上へ転がる。

「ガ、ガキのくせに、何でこんな夜中まで、起きてるんだ。さっさと寝ちまえ！」

とっさにどうしていいかわからず、怒鳴りつけてしまうと、志朗はおびえた眼で父親を見つめ、次の瞬間、火がついたように泣き出した。

「あらあら。泣かないで……あのね、志朗はずっと今まで起きてたわけじゃないの。たまたまおしっこで目を覚ましたら、ドアの向こうで声がしたから、『パパだ』って大喜びしてたのよ」

大声を出したのは得体《えたい》の知れない恐怖から逃れるためで、もちろん息子は何も悪くないが、すぐには謝る踏ん切りがつかなかった。

清子は志朗を抱いて隣の部屋へ行き、襖を閉め、寝かしつけにかかる。二人のやり取りを聞いているうちに、鏡治はいたたまれなくなり、部屋中を探して、ようやく葬式でお清めのためにもらった清酒の二合瓶を見つけ、蓋を開けて、ラッパ飲みし始めた。

やがて泣き声が聞こえなくなり、清子が居間に戻ってきた。眼を合わせるのが嫌で、壁に向かって飲んでいると、わざわざ視野に割り込んできて、

「ねえ、ちょっと、話があるんだけど」

そう言って、自分のすぐそばに正座する。

「外で何か嫌なことがあったら、八つあたりは私にして。お願いだから、志朗にはあたらないで」

反論も言い訳もできない。視線を逸らし、沈黙するしかなかった。

口数の少ない女だから、これでお終いだろうと思ったのだが、今夜だけは違っていた。

「ねえ、キューちゃん。私はね、家族がお互いに憎み合っている家で育ったから、円満な家庭を築くのが、子供の頃からの夢だったの」

鏡治は驚いた。結婚以来……いや、出会ってから今日まで、清子が自分が育った環境についていて、こんなふうに話をしたことは一度もなかったからだ。ついさっきまで囚われていた忌まわしい過去の記憶が一掃され、目の前の現実に鏡治の関心が向いた。

妻の方へ顔を向けると、今まで見たこともないほど思いつめた表情をして、眼には涙まで浮かべている。

「私の実の父親は、私がまだ赤ん坊の時に病気で亡くなった。母さんは男に頼らないと生きていけない女《ひと》で、何人もとつき合ったあげく、私が三つの時、三歳年上の相手と再婚したらしいわ。でも、この結婚はとんでもない貧乏くじだった。二度めの亭主は博打好きで飲んだくれ。酔って何か気に入らないと、母さんや私を殴って憂さ晴らしをするようなやつだったの。それでね……」

不自然に言葉を切った直後、ついに涙が頬を伝い始めた。

「そんな時、母さんは全然私をかばってくれなかった。下手に口を出すと、自分が殴られるから。むしろ私を盾にしてたわ。ひどい親よ。その代わりに義理の兄が一人いて、いつも助けてくれたんだけど、その義兄《にい》さんも私が幼稚園の時に亡くなってしまったから、そのあとは……もう思い出したくもない。中学に入る頃から、飲んだくれの親父が私に色目を使い始めて、何度も犯されそうになった。だから、卒業と同時に家にあるだけのお金を持って逃げ、東京にやってきたのよ。それまでの人間関係はすべて断ち切ってね」

鏡治の眼を見つめながら、そこまで話すと、清子は顔を伏せ、右手の甲で涙を拭《ぬぐ》った。

(こんなことは、初めてだ。ここまで腹を割って話してくれるなんて……今ならば、何をきいても素直に答えてくれるかもしれない)

鏡治が胸の奥にしまい込んでいた妻への質問は、言うまでもなく、『お前はなぜ俺と結婚したんだ？』。しかし、それをそのまま口に出す勇気はなかった。そうきいたとたん、天女が空へ帰ってしまうことが何よりも恐ろしかったからだ。

(だが、遠回しにといっても、どう尋ねれば……ずっと黙っているわけにもいかないぞ)

見切り発車のつもりで彼の口から出た言葉は、本人が予想もしていないものだった。

「お前……俺に何か隠してないか」

「えっ……？」

顔を上げた清子は何秒かの間、きょとんとしていたが、気迷うように視線を左右に動かすと、軽くうなずいてから、

「そうね。あなたの質問の意図とは違っているかもしれないけど……いつかあなたに打ち

明けて、肩の荷を下ろしたいと思っていたことがあったの」

「肩の荷を下ろす？　一体、何のことだ」

「実は私、整形してるのよ」

「整形って……顔をか？」

相手は無言でうなずく。ほっとしたような表情を浮かべていた。

（そんな……すると、この天女みたいな面《つら》は、整形手術の成果だったってわけか）

美容整形手術は、失敗して二目と見られないご面相になる悲劇が起きる一方、複数の賽《さい》の目がすべて揃うように、現実には存在し得ないような美女が出現することもあると聞いた。

妻の告白を聞いて、鏡治は心のどこかで安堵していた。これで、どうやら自分との釣り合いが取れそうだと思ったのだ。

「そんなこと、まるで気にならねえな。お前はお前だ。何も変わりゃしねえ」

「えっ、本当？　だまされたって、怒らないの」

清子は大きく眼を見張り、前へ身を乗り出す。

「怒りゃしねえさ。そもそも、若い娘なんだから、きれいになりたいという気持ちは誰にだってある」

「あの、別にきれいになりたかったわけじゃなくて、どうしてもそうしないと……キャア！　な、何だ。びっくりした」

　妻が苦笑する。彼女を驚かせたのは部屋の隅に置かれた電話のベルだった。

「でも……こんな時刻に、一体誰かしら？」

　すでに午前零時を過ぎている。いぶかしく思うのは当然だった。

「ああ、いいよ。俺が出るから」

　鏡治は、かけてきたのが鏡也だと思った。妻を制して、自分で電話のそばまで行き、受話器を上げる。

「はい。もしもし……」

『あっ、鏡治か！　夜中にすまない。大変なことが起きた』

「師匠でしたか。一体、どうされたんです？」

　かけてきたのは鏡楽師匠だった。しかも、ひどくあわてている様子だ。

『あ、あの、鏡也が……大変なことに……』

「師匠、落ち着いてください。鏡也のやつが、どうかしたんですか」

『だから……さ、刺されたんだよ、腹を』

「ええっ、腹を刺された？　刃物で、ですか」

　師匠の声を聞いた時、不吉な胸騒ぎを感じたが、事態は想像を絶した深刻さのようで、とても現実のものとは思えなかった。

「一体、誰に……あたしと違って、あいつは酒も飲めませんし、喧嘩っ早くもないはずですが」

『うちに電話をくれたのは池袋警察署の刑事さんだが、どうも、事情がよくわからないんだよ。一生懸命聞いたんだが、もう、何が何だか……』

鏡楽師匠にしては珍しく、ひどく取り乱した声音だった。

『ただ、犯人はもう逮捕されたそうで、刺した動機は女が絡んでいるらしい。どうも、鏡也のやつ、他人の女房とできてたみたいなんだ』

「女絡み……ああ、そうでしたか」

鏡治の耳元で、馬八兄さんの声が蘇った。『タレも芸の肥やしには違えねえが、誰彼かまわず手を出してやがる』。

(だからといって、まさか人妻にまで……こいつは、とんでもねえことになったぞ)

驚きのあまり、さすがに絶句していると、

『おい。どうしたんだ、鏡治。聞いてるのか……もしもし、もしもし……』

わずかな沈黙を電話の不通と受け取ったらしい。今にも泣き出しそうな師匠の声が受話器から聞こえてきた。

13

「鏡也のやつ、何て見境のないことを……自分の弟子がこんな不始末をしでかすなんて、情けなくてたまらないよ」

　弱々しく背中を丸めた姿勢で、鏡楽師匠が言った。

「幸い命が無事だったからよかったようなものの、ナイフの切《き》っ先《さき》がほんの少し違う方へ向いていれば、今頃は葬儀の日取りの相談だ。それに、こうなった以上、新聞沙汰は避けられない。記者連中がおもしろおかしく書き立てるに決まってる。なあ、そうだろう」

「ええ、まあ。記事になるのは、もう止めようがありません。さっき取材を受けた時点で、向こうは事件が起きた事情を何もかも知っている様子でしたから」

　今度ばかりは、どうにもかばいきれず、鏡治は上《うわ》っ面《つら》だけの気休めを口にするしかなかった。

「ただ、まだ二つ目になりたてで、世間に顔と名前が売れておりませんから、それほど大きく取り上げられるとは思えません。世間一般に噂が広がるところまではいかないのではないでしょうか」

「もしそうだとしても、協会の中ではあっという間に知れ渡る。来月、あたしが高座に復帰するなんて話もあったが、それも全部ご破算だ。楽屋で後ろ指を差されるのはごめんだからな！」

強い調子でそう言われ、二の句が継げなくなる。まだ下っ端の自分とは違い、鏡楽師匠にとって、仲間内で恥をかくことは耐えられないほどの苦痛なのだろう。鏡治は顔を背け、こっそりため息をつくしかなかった。

日付が変わって、八月十一日土曜日。午前三時四十分。酒の酔いはとっくの昔に醒めていた。

二人がいるのは山手線大塚駅北口の目の前にある総合病院の救急受付。パイプ椅子が十脚ほど置かれた部屋の隅に、並んで腰を下ろしていた。

鏡也が刺された場所は、住所で言えば南池袋三丁目。東口から明治通りを百メートルほど南下した歓楽街の一角にある小料理屋で、昨日の午後十時五十分頃、店の奥の座敷に女性と二人きりでいる時、突然犯人の男に踏み込まれ、腹部をナイフで刺された。

すぐに店の主が一一九番に通報し、到着した救急車で鏡也はこの病院に搬送され、緊急手術を受けた。迅速な措置によって、何とか命だけは取り留めることができたが、出血がひどく、意識が戻っていないので、まだ安心はできない。手術を担当した医師の話によると、ナイフの刃先があと一センチずれていたら、致命傷を負った可能性が高いそうだ。

事件が起きた背景については、二人からの事情聴取を担当した刑事に尋ねてはみたものの、捜査中を理由に詳しくは教えてもらえなかった。

それでも、いくつかの事実がそこで判明した。まず、小料理屋での連れの女性は鏡也よりも三つ年上で、四十代後半の犯人はその亭主。それだけ聞けば、大体の事情は察することができた。刑事の話によると、相手の男は暴力団の正式な組員ではないものの、いわば関係者で、これまでにも度々、警察のお世話になっていたらしい。

病室には両親がつき添っているので、それ以外に大勢いたって役には立たない。父親が師匠を玄関まで送ると言うのを押しとどめ、二人でここまでやってきたのだ。

薄暗い場所で黙り込んで待つうち、頼んでいたタクシーが到着したので、鏡楽師匠を乗せ、送り出す。鏡治自身はもう少し様子を見て、始発で自宅へ帰るつもりだった。

そして、救急受付に戻り、ため息をつきながら椅子に腰を下ろした時、

「お疲れ様ですね、鏡治師匠」

驚いて振り向くと、いつの間に来たのか、すぐ後ろに平林刑事が立っていた。

「えっ？　あの、どうしてここに……所轄が違うはずですよね」

「池袋署の捜査係に同期が一人おりましてね。噺家さんの関係なら、とりあえずあいつに教えておこうと思ったらしく、わざわざ電話をくれたんです」

「……なるほど。そういうことでしたか」

落語通であることが、神楽坂署だけでなく、警視庁全体に知れ渡っているらしい。

平林刑事は鏡治の左隣の椅子に腰を下ろし、視線は別の方へ向けたままで、

「一昨日の朝、稲荷町の師匠から電話をいただいて、午後からお宅におじゃましました。事情を伺ったところ、今後再犯の恐れはなさそうだし、鏡治師匠が自首を説得してくださるそうなので、静観することにしましたが……まさか、こんなことになるとはねえ。びっくりしましたよ」

「まことに、申し訳ありません。あたくしの監督不行き届きです。以前から、注意はしていたつもりだったのですが……」

「いえいえ、そんな。師匠の責任では、もちろんありませんよ」

平林刑事は首を大きく振って否定した。

「前座の時代とは違い、二つ目になれば、とりあえず一人前なわけですから。まあ、鏡也君もちょいと勉強熱心の度が過ぎたのかもしれませんねえ」

「勉強、熱心……あの、何がですか」

「『紙入れ』の稽古も結構ですが、実地はいけません。しかも、相手を間違えている」

「あ……ああ、なるほど。よくわかりました」

鏡治は苦笑せざるを得なかった。『紙入れ』は、人妻と不倫行為に及ぶ間男の噺の代表格。さすがは元は本職だけあって、どんな時でもひょいと落語が会話の中に登場する。

「ところで、鏡治師匠、池袋の担当者から聴取をお受けになったと思いますが、その時、

毘沙門様の境内の一件なぞはお話しになられましたか」

「毘沙門様？　あっ、猫の……い、いいえ。何も言うはずがありませんよ」

　今度は鏡治が首を振る番だった。

「うちの師匠がすぐ隣にいましたし、そもそも、今回の傷害事件とは何の関係もありませんから」

「そうでしたか。それなら、一昨日、稲荷町の長屋で伺った一部始終は、私の胸の内にずっとしまっておくことにします」

「えっ……？　あの、それで、本当によろしいのですか」

　耳を疑う宣言だった。とにかく、鏡也がいつ退院できるか、まるで目途が立っていないのだから、自首をさせるまでにかなりの猶予をもらう必要があるとは感じていたが、見逃してもらえるなどとは考えてもいない。

「はい。動物虐待も立派な犯罪ですから、こんなことを言い出しては警察官失格ですが、鏡也君は相応の罰をすでに受けたような気がします。明日の新聞に記事が載れば、それだけでも、芸人さんにとって大きな痛手。そこに新たな罪が加わるとなると、もう息の根を止められたも同然でしょう。まだ若くて、将来のある身なのに、そこまで追い込む必要があるのかと思いましてね」

「あの、それで……あ、ありがとうございます！」

鏡治は思わず立ち上がって、弟弟子のために深々と頭を下げた。

「そうしていただければ、どれほど……あの、やつにはあたくしから懇々《こんこん》と意見をして、きちんと反省させますから」

「まあ、そのあたりはお任せしますよ。それよりも……ねえ、鏡治師匠」

平林刑事がまたどこからか高座扇を取り出す。

「伺いたいことがあったのですが……あのう、ここからは純粋に落語の話題ですから、ご安心ください」

そう言って笑い、両手に持った扇子をもてあそびながら、

「昨日……いや、もう一昨日か。神楽坂で、『羽衣の松』をお演りになりましたよね」

「ええ。演らせていただきました。すると、一昨日もいらしてたんですか」

「はい。ビラ下《した》ではありませんから、おことわりしておきます」

大真面目に言われ、鏡治は吹き出しそうになった。以前は、どこの寄席でもそれぞれの興行ごとのチラシを作成して近所に配り、一番下に切り取って使える招待券をつけたのだそうだ。そこから、無料入場のことを『ビラシタ』と呼ぶようになった。

「『羽衣の松』は珍しい噺ですが、前に何度か聞いたことがあります。ただ、お正月以外では初めてだったので、とても新鮮に感じました。『芝浜』や『長屋の花見』などとは違い、季節限定のネタではありませんが、なぜこの時期にと思いましてね。お選びになった

理由を伺ってもよろしいでしょうか」

これまた落語マニアならではの質問だったが、別に隠す必要もないので、クイッキの高座へ上がる直前、楽屋で交わした会話を紹介すると、平林刑事は稲荷町の師匠が登場したのがうれしかったらしく、笑みがこぼれ、それまでとはまったく違う表情になった。

「なるほど。高座着の塩沢縮緬から、それを見立てた師匠の奥様の話になり、そして、天人ですか。実におもしろいですねえ」

興が乗ってきたのか、両手で扇子をパチンパチンと開け閉めする。マクラのところで、噺家がよくする仕種だった。

「そうでしたか。師匠の奥様はそれほどの美人で……いやあ、何とも、おうらやましい」

「いいえ。実際には、大したことはありません」

昨日までなら、ふざけ半分でのろけたかもしれないが、美容整形という事実を聞かされた今はそんな気分になれない。しかし、相手は大きく首を横に振ると、

「いやいや、ご謙遜。実は私の家内が師匠の奥様と同郷ですが、若い頃でも、お世辞にも器量よしと言ってくれる知り合いなどおりませんでしたから……どうして、同じ水戸の生まれなのに、こうまで違うものかと思いましてね」

その言葉を聞き、鏡治は驚愕したが、とっさに商売用の笑顔を無理に作り、動揺を相手に悟られないよう努めた。

（清子が、水戸の出身……一体、どういうことだ？）

内心の動揺をひた隠しにしながら、鏡治は考えを巡らせた。

（熱烈な落語ファンだから、噺家の知り合いは結構な人数いるだろうが、稲荷町をはじめ、楽屋中の誰もが清子は越後生まれと思っているはず。俺自身がそう思い込んでいたんだからあたり前だ。となると、さっきの情報の入手先は寄席とは無関係のところ……何かの事件に関連して、捜査の網に引っかかったとしか考えられない。つまり、この刑事は清子の過去について、確実に何か知っている）

深い淵を見下ろすような恐怖を感じたが、このまま胸にしまい込んで別れることなど、到底不可能だ。鏡治は覚悟を決め、口を開いた。

「ねえ、平林さん。伺いたいことがあるのですが」

「ええ。何でしょう？」

「うちの家内が生まれ育ったのは新潟県。あたくしは本人からそう聞かされ、ずっとその言葉を信じてきました」

その瞬間、扇子を開け閉めする音がぴたりと止まった。

「出身が茨城の水戸だなんて、まるっきり寝耳に水ですよ」

「えっ？　いや、そんなこと……ええと、そうでしたか」

意味不明な相槌を打ち、視線を逸らす。百戦錬磨《れんま》の老刑事には似つかわしくない失態だった。大好きな落語の話題なので、つい油断してしまったのだろう。

「これはぜひ伺いたいのですが、あなたはうちの家内に関する情報をどこで、あるいは誰から手に入れました？」

「い、いや……これは、大変失礼しました。どうやら、私の勘違いだったようで――」

「そんなわけないでしょう！　どうして嘘をつくんですか」

鏡治は思わず相手の両腕をつかんだ。不意をつかれたらしく、扇子が手からこぼれ、床に落ちて転がる。

「お願いです。どうか教えてください。あなたの返事次第で、うちの一家の将来は大きく左右されますが、もうあなたのさっきの言葉を聞く前には戻れません。ねえ、平林さん！」

握った腕を大きく揺さぶると、刑事が眉をひそめたが、やがて口から吐息を漏らすと、

「まったく、お恥ずかしい限りです。仕事柄、口は固いはずなのですが……落語が絡むと、とたんにだらしなくなる。こうなっては、『思い違いだ、気のせいだ』で言い逃れようとしても、ご勘弁は願えないでしょうね」

「もちろんです。こっちから頭を下げますから、どうかお願いします。事実を教えてください」

「弱りましたねえ。私にも立場というものが……ええと、去年だったかな、あなたの『紺屋高尾』を伺いました」

「紺屋高尾？　なぜ、今、そんな話を……いや、まあ、確かに演ったことはありますが」

話が脇道に逸れるのを阻止しようとしたが、急に本線に戻るかもしれないので、短気を起こすべきではないと思い直す。

「ただ、あの噺は去年の十月に神田でトリを取らせてもらった時、たった一度演ったきりですよ」

「そうそう。間違いなく紅梅亭でした。情感があって、実に結構でしたが……あなたがもし久蔵の立場だとして、所帯をもったあとで、高尾の過去をあえて掘り返そうとお思いになりますか」

「え……いやあ、別に。そんな無駄な詮索は絶対にしません」

首を振った時、この噺を例に挙げた相手の意図が何となく呑み込めた気がした。

「その答えを伺って、安心しました。成り行き上、私が知っていることを多少は師匠にお話ししないと、まずいでしょうね。疑心暗鬼になるのはよくありませんから」

平林刑事は床から拾い上げた高座扇をパチンと鳴らし、

「捜査で得た情報が含まれる以上、個人や団体、あるいは場所が特定されると困るので、ごく曖昧な言い方にはなりますが……」

14

「ふたーつ、ふらちな、あくぎょう、ざんまい……ヤア！」

「うわあ！　や、やられた……ううっ」

右手で虚空をつかみ、鏡治は畳の上へうつぶせに倒れ込む。左手には掃除用具のハタキを逆様《さかさま》に握っていた。

これがテレビの撮影なら、そのまま倒れていればいいが、斬られ役が一人しかいないから忙しい。すぐに起き上がって、ハタキを正眼に構え直す。

息子の志朗は顔をクシャクシャにして笑いながら、玩具の愛刀を振り上げ、

「みっつ、みにくい、うきよのおにを」

前とは違い、台詞が本来の位置で区切られているのは鏡治が指導したからだ。

「たいじて、くれよう、ももたろー……エイ、ヤア！」

「グウェ！　も、もはや、これまでぇ……」

また前方に倒れたが、すぐに死んだのでは芸がない。右手の爪で畳をかきむしり、起き上がろうと、いったん顔を上げてから息絶えた。

『退治《たいじ》る』は『退治する』の古い言い方だそうだが、落語では聞いたことがない。そのま

まの姿勢で古畳のにおいを嗅《か》いでいると、テレビと同様、大げさに息を吐く音。刀を鞘《さや》に収めているのだ。

数秒後、頭の真上で息子が甲高い声で笑うと、背中に勢いよく馬乗りになる。鏡治は演技抜きで「ギャッ！」と声を上げてしまった。

「あははは。ねえ、もっかい。キューちゃん、もっかい！」

舌の回転が足りないが、もちろん『もう一回』と言っているのだ。

「か、勘弁してくれ。ちょいと休ませてくれよ。それと、俺は遊園地の馬じゃねえんだから、背中で暴れるのはやめてくれえ」

「さあ、志朗ちゃん、降《お》んりしましょうね」

頭の上で、今度は妻の清子の声がした。

「でないと、キューちゃん、泣いちゃうわよ。ほら、早く……そう。いい子ね」

重荷が外れて、ほっと一息。鏡治は起き上がって、あぐらをかいた。

「よかったわねえ、遊んでもらって。キューちゃんは演技にかけてはプロだから、本物の時代劇を見ているみたいだったわ」

「おいおい。お前の亭主は噺家で、役者じゃねえぞ。喋るのが得意なだけで、芝居なんて……まあ、こいつの相手くれえは何とか務まるけどな」

ハタキを取り上げ、おどけた身振りで妻に向かって突きつけると、

「お女中、覚悟召されい」

「キャー、怖い……うふふふ。でも、よかった。すごくほっとしたわ」

「ん？　何が、どうしたってんだ」

「昨夜は……まあ、いろいろあって、これからどうなるかと心配したのよ。でも、一晩明けたら、あなたは機嫌を直してくれたし、鏡也さんも意識を回復したそうだから、これでもう大丈夫よね」

「うん。やつのおっ母さんから電話をもらって、ほっとしたぜ。始発で家《うち》へ帰ってきて、本当にすぐだったなあ、あれは」

　壁の時計を見ると、午後二時四十分。今から七時間も前のことだ。

「昼過ぎにこっちから電話してみたら、もう普通に話をしているそうだよ。この分だと、快復も早えだろう」

「本当によかったわ。私、安心しちゃった。ええと……あら、もうこんな時間。志朗を連れて、お買い物してくるけど、キューちゃんはどうするの。病院に行く？」

「いや、もう少しあとにするよ。まだ疲れが残ってるから、お前たちが帰ってくるまでゴロゴロしてるさ」

「わかったわ。じゃあ、昼寝でもしながらお留守番してて」

清子は化粧をしないから、身支度も早い。白のポロシャツにグレーのキュロット。ピンク色のエプロンを着けたまま、買物袋を提げ、息子の手を引いて部屋から出ていく。

玄関まで送ると、志朗が「バイバーイ！」と、手を振る。鏡治も笑いながら手を上げたが……ドアを閉めた瞬間、作り笑いがさっと消えた。

「ようやく、追い払うことができたか。いよいよだな」

独り言を言って居間へ戻り、とりあえず腰を下ろす。畳の上には、仮面ライダーのお面と祭礼の法被が放り出されていた。悪人を成敗《せいばい》する際、桃太郎侍は派手な衣装を身につけ、顔には能面、さらにもう一枚の着物を肩に掛けて登場する。その雰囲気を出そうと、ありあわせの品で代用したのだが、この趣向は志朗に大ウケだった。

何気なく、男児用の水色の法被を手に取ってみる。去年の秋祭りの時、買ったものだ。その頃には喋りもたどたどしく、単語をいくつか並べる程度だった。

(それが一年も経たないうちに、あんなふうに……子供ってのは、すげえもんだな)

息子がかわいいとはもちろん思うが、昨日あたりから、鏡治は奇妙な違和感に囚われていた。理由は不明だが、自分と志朗とが何の関係もない赤の他人のように思えて仕方がなかったのだ。

(つまらないことを考えるな。ただの妄想だ。俺は疲れすぎている)

鏡治は首を振り、得体の知れない不安を追い払った。

(それよりも、せっかく一人になったんだから、例の捜し物を……さて、どこから手をつ

けようか）

鏡治は腕組みをし、広くもない部屋の中を見渡した。

（全盛の花魁でも、所詮《しょせん》、女郎は女郎だ。そんな女を女房にして、過去を気にするなんて愚の骨頂。それくらい、百も承知、二百も合点《がってん》だが……）

両眼を閉じ、今日の未明に平林刑事から聞いた妻の過去にまつわる話を思い出す。

「だけど……たった一つだけ、真実を探らねえ限り、夫婦を続けられねえ肝があるんだ」

15

最初にくどく念を押された通り、平林刑事の説明はかなり曖昧なものだった。

彼が清子の昔の知人に出会ったのは、とある傷害事件の捜査過程においてで、被害を受けた人物の関係者だったという。

性別は女性。年齢が清子と同じ二十六歳だから、小・中学校時代の同級生だと推察できる。そして、二人が卒業した学校は新潟ではなく、茨城県の水戸市内にあった。

詳細を明かしてくれないので、経緯についてはわからないが、平林刑事が落語好きと知った彼女が『それなら、自分も落語家の妻に知り合いがいる』と言い出した。

『上京すると同時に、故郷での人間関係はすべて断ち切った』と清子は話していたが、ほんのわずかな例外はあったらしい。証言者の女性がそんな打ち明け話をする気になったのは、相手が警察官で信頼しきっていたから。平林刑事の奥様が同郷だったことも、たぶん理由の一つだろう。

『師匠もご存じとは思いますが、奥様の家庭環境は相当複雑だったようでして、それが原因で、中学卒業後に家を飛び出し、上京されました』

平林刑事の声が耳元で蘇ってくる。

『しかし、庇護してくれる人間でもいれば話は別ですが、わずか十五歳の娘が自分独りの力で生きていけるほど都会は甘くありません。やはり、大変なご苦労をされたようです。悪い男にだまされ……これが性《しょう》の悪さだけなら、まだよかったのですが、裏社会の住人というか、早い話、我々と追っかけっこをするような連中との関係が生じてしまい、住む場所も関西の方へ移った。そして、奥様が二十歳の時、〈このままではいけない〉と思い、勇気を出して、彼らとの悪い縁を断ったのだそうです』

平林刑事の話はこれでお終いで、その先は、質問しても一切教えてはもらえなかった。

(上京後、年を偽って水商売の世界へ足を踏み入れ、だまされたあげく、やくざ者の情婦にでもなってたんだろうな。お定まりだし、それくらいは屁でもねえが、ただ……どれ。いつまで考えてたって埒《らち》が明かねえ。ぼちぼち始めるか)

立ち上がって、隣の寝室へ。押し入れを開けると、上段はきちんと畳まれた布団やタオルケット。そして、下の段には段ボール箱がぎっしり押し込まれていた。

とりあえず、それらを一つずつ取り出し、畳の上に並べていく。

(清子が初めてここへ来たのが五年前の暮れ。その時、二十一歳だから、二十歳で裏の世界から足を洗い、保険の外交員になったと考えれば何も矛盾はない)

作業を続けながら、鏡治は考えた。あとで選ぶ際の効率を考え、箱の大小や軽重でグループ分けをする。

(関西から東京へ舞い戻ってきたのも、顔を整形したのも悪い連中の目をくらますため。それで、ちゃんと話は合っている。だったら、これ以上詮索しなければよさそうなもんだが……いや、だめだ。このままでは、とても前には進めねえ)

たった一つだけ、どうしても確かめなければ気の済まない点があった。その手がかりを捜すため、まずは子供と無邪気に遊び、何の屈託もないふりをして、二人をうまく外出させたのだ。

鏡治が知りたいのは、清子がこのアパートに現れたのが単なる偶然だったのかどうか。もしそうだと確認できたら、平林刑事から聞いた話は胸の奥深くにすべて封印し、これまで通りの暮らしを続けようと心に決めていた。

清子はほとんど手回り品だけを持ってここへ来たし、鏡治は落語に関する本や資料以外はどんどん捨てる主義。したがって、段ボール箱の中身はほとんどが母の遺品で、亡くなって以降、まったく手をつけていなかった。

鏡治はこの中から、母と初めて会った際、清子が持参した名刺を捜すつもりだった。母から見せられた記憶が確かにあり、そこには保険会社名と営業所名、連絡先が記されていた。電話して当時のことを尋ねれば、何かわかるかもしれないと思ったのだ。

（とにかく、物を捨てない性分だったからなあ、おふくろは。だから、どこかにはあるはずなんだが……）

押し入れから段ボール箱を出し終わる。三十個近くあったが、半分以上は衣類で、それらは重さで判断できるので、最初に除外した。

小さめのものからガムテープをはがし、中身を確認する。最初の箱は年賀状と手紙、次は古い写真。三つめがやたらと軽いなと思ったら、贈答品用の包装紙がきれいに畳まれて、入っていた。「こんなもの、さっさと捨てちまえよ」と、つぶやいてしまう。

そんな調子で開けていったのだが、唯一の趣味だった手芸用品の類いが多く、目指す品はなかなか見つからない。次第に残りが少なくなった頃、愛媛ミカンの箱を開けると、これは少し様子が違い、巾着袋や財布、封筒などが詰め込まれていた。

試しに二つ折りにされた茶封筒を開けてみると、入っていたのは使い終わった預金通帳。巾着の中身は指輪と古い時計だった。夜逃げ同然で来たわけだから、財産と呼べるものは皆無だったが、ごくわずかな貴重品の類いを、母はこの箱に収めていたらしい。

期待しながら確認していくうち、医院の診察券や商店のサービス券などが入った白の定型封筒を見つける。

(これかもしれないぞ。大きさが同じだから、名刺も……ああ、やっぱり交じっていた。健康食品販売に、こっちはミシンか。結構、セールスマンが来てたんだな。お次は大協《だいきょう》生命上野《うえの》支店、斎藤……あった！　これだ)

横長で白の名刺に、間違いなく、結婚する前の妻の姓名が記載されていた。

(上野支店……だったら、このアパートの近辺を縄張りにしてても別に不思議はねえ。疑ったのは俺の一人相撲、ただの思い過ごしだったかな)

『ここで引き返した方がいい』。心の中でそうささやく声が聞こえた。自分が会社勤めをしていないので曜日の感覚がないが、カレンダーを見ると、今日は土曜日。

(よし。じゃあ、試しに一回だけ電話してみよう。午前中で閉店して、誰も出なければ、明日以降はかけない。名刺を見つけたんだから、それくらいはしたっていいはずだ)

居間に戻り、黒電話のダイヤルを回す。

呼出音が二度、三度、四度……。胸の鼓動が激しくなってきた。

十回めを聞き終わり、諦めて受話器を置こうとした、その瞬間、

『お待たせいたしました。大協生命上野支店でございますが』

年配の女性の声だった。

「あ、あのう、わたくし、高田《たかだ》という者ですが……いつも、お世話になっております」

とっさに偽名を使ったのは、もしも妻が勤務していた頃の同僚ならば、結婚相手について教えられていたかもしれない。そう思ったからだ。

探りを入れる際の口実を事前に決めておかなかったことを後悔したが、考えている余裕はない。妻の結婚前の姓名を伝え、『以前、大変にお世話になった者ですが、ちょっとご相談したいことがありまして』と嘘をついた。

相手は「しばらくお待ちください」と言って電話の前から離れ、オルゴールの保留音が聞こえ出す。そして、じりじりしながら、三分以上も待たされたあとで、

『大変、お待たせいたしました。何人かで確認いたしましたが、先ほどお伺いした名前の社員が当支店に在籍した記録はございません』

「えっ？　そ、そんな、ばかな……」

鏡治は息を呑み、受話器を強く握りしめた。

「そんなはずはありません。五年前の十二月には、間違いなく御社の社員でした」

『そうおっしゃられましても、いないものは……十年以上、異動していない者にも確認しましたし、記録も調べました』

「いや、だって、手元に名刺があって、ちゃんと大協生命上野支店と……ううっ」

勢い込んで主張しようとして、言葉に詰まってしまう。

（……そうか。俺だって、ついさっき偽名を使った。名刺なんて、印刷屋に入ってわずかな金を払えば、どんな肩書きのものでも簡単に作れる）

その後、どうやって電話を切ったのか、覚えていない。気づいた時、鏡治は荒い息を吐きながら、両手で力いっぱい受話器を押さえつけていた。

（どういうことだ？　偽の名刺まで用意して、ここを訪れ、無一文のおふくろに取り入ったりして……一体、あの女の目的は――）

「ねえ、どこに電話してたの？」

いきなり心臓をわしづかみにされる。あわてて振り返ると、いつの間にかドアが開いていて、玄関に志朗を抱いた妻の姿があった。

16

鏡治は大あわてで立ち上がり、二、三歩退いて、体を固くした。

「お、お前！　なぜ……買い物に行ったんじゃなかったのか」

「大きな声を出さないで。ほうら、よしよし。何でもないわよ」

目を覚ましかけた息子を、妻が揺すってあやす。

「途中で志朗がぐずり出して、抱っこしたら、そのまま寝ちゃったの。今日は昼寝をしなかったから……悪いけど、お布団敷いてくれる？」

「あ、ああ、そうだな。わかった」

襖が開いたままの押し入れの上段から、妻がいつも子供と一緒に寝ている布団を取り出す。だが、寝室の床一面が箱だらけで、敷けるスペースがどこにもない。

仕方なく、居間の隅に敷くと、清子は志朗を寝かせ、自分もその脇に横たわる。

途方に暮れ、立ち尽くすうちに、しばらくしてから清子が体を起こす。

そして、布団の上に横座りをして、困ったように笑うと、

「とうとう、ばれちゃったみたいね」

「え……あっ！　それ、そこにあったのか」

妻の手には問題の名刺。電話のすぐ脇に布団を敷いたのがまずかったのだが、これで家捜しした目的については、説明する必要がなくなった。

「いつかこんな日が来ると、覚悟していたわ。少しでも遅く来るよう祈っていたけどね」

顔は伏せたまま、淡々とした口調で清子が言った。そして、うつぶせに寝ている幼子の頭をやさしくなでながら、

「前に、あなたに話したじゃない。私、『芝浜』が嫌いだって」

「芝浜が？　じゃあ、痴漢云々《うんぬん》というのは……」

「三保の松原で被害に遭ったのは本当よ。『芝浜』はラジオで一度聞いて、耳を塞ぎたく

なったわ。女房の台詞が身につまされちゃって……」

「なるほど。それで、あんなことを言ったのか」

『芝浜』の大詰め。魚屋の勝五郎に、女房が真実を打ち明ける場面だ。

「『連れ添った女房に嘘をつかれて、さぞ腹が立つだろうねえ』とか言うでしょう。それくらい、わかってるけど……せめて志朗がもう少し大きくなるまで、嘘をつき通したかったのよ。できることなら、一生嘘をついたままでいたかった。『芝浜』の女房は確かに正直だし、勇気があると思う。自分から打ち明けるなんて、私にはできない。もし許してもらえなければ、幸せな暮らしを失ってしまうのよ。そう思うと、怖くてたまらなかった」

「念のため、きくが……生命保険の外交員というのは嘘だったんだな。そして、その名刺もどこかの印刷屋で、お前が作らせた」

ややあってから、無言のまま小さくうなずく。

「新潟なんかじゃなくて、本当は水戸生まれだったのか」

「水戸ではなくて、その近くの小さな町だけど、いまさら訂正してみたって意味がないし……」

言い淀んだ妻がゆっくりと首を持ち上げたが、その顔を見て、鏡治は胸をつかれた。両眼はすでに真っ赤で、涙が幾筋も頰を伝っていたからだ。志朗を寝かしている間に声を殺し、泣いていたのだろう。

「ほかに、何をききたいの？　もう、何でも正直に答えるわよ」

「い、いや、それは……ううむ」

　うなり声とともに、言葉を呑み込んでしまう。尋ねたいことは山ほどあったが、どこから手をつけていいかわからない。それに、もし今日ここですべての真相が明らかになったとして、その影響が恐ろしかった。

（ひょっとして、この家から清子と志朗がいなくなる……そんなこと、絶対にごめんだ）

　再びうつむいた妻の白いうなじを見つめながら、鏡治は考えた。

（今の幸せが、たとえ嘘で固められていたとしても、できることなら、一日でも長く続いてほしい。俺は本気でそう思ってるし、こいつもさっき、似たようなことを言った）

　これは、今日の未明、病院で平林刑事と別れた直後から、ずっと考えていたことだ。鏡治の気持ちは少しも揺らいでいない。

　唯一こだわっていたのは、清子が最初にこのアパートを訪ねてきたのが偶然だったのかどうかだが、この点についてはあっさり結論が出てしまった。彼女は嘘の肩書きを記した特注の名刺まで用意し、何らかの意図をもって、ここへやってきたのだ。

（そうとわかれば、『あの時、来た目的は何だったんだ』ときくのが話の順だ。それは重々わかっているし、こいつも『何でも正直に話す』と言ってはいるが……）

　鏡治は両手を握りしめた。ここが、一家三人にとって人生の分かれ目である。

（今、俺が尋ねれば、間違いなく何らかの答えが返ってくるだろう。問題は、明かされる真相が、俺にとって我慢できないものだった場合だ。たとえ表面上は許せても、一生心に重荷を負うくらいなら、最初《はな》っからきかねえ方がずっとましかも……さあて、どうしようか？）

17

（いつまで考えてたって始まらねえぞ。うーん……よし！　俺も男だ。決めた）

腹を括《くく》った瞬間、体の力が一気に抜けた。大きく息を吐き、畳に腰を下ろす。

「なあ、お前、さっき『芝浜』をラジオで聞いたと言ったな」

一体何事かと眼を大きく見開いた妻に向かって、鏡治は言った。

「誰の口演を放送してたんだ？」

「えっ？　そう言われても、私、まだ落語のこと、よく知らないから……」

清子は戸惑った表情で、眼をきょろきょろさせ、

「もうだいぶ前に亡くなったはずで、名前は忘れちゃったけど、『芝浜』が特に有名だったみたい。同じ師匠で、かまどの中からお化けが出てくる噺を聞いたことがあるわ」

「ああ、『へっつい幽霊』か。そこまでわかれば、もう充分さ。思った通りだ。田端《たばた》に間

違いねえな、そいつは」

昭和三十六年に亡くなった三代目桂三木助《みきすけ》師匠だ。『稲荷町』と同様、地名で呼ばれる大看板だが、この場合、アクセントは『タバタ』ではなく、『タバタ』となる。

粋《いき》な江戸前の芸で、特に評論家や文化人たちに愛され、『崇徳院』『三井《みつい》の大黒』など得意ネタは多いが、特に『芝浜』は芸術祭で賞を受けた十八番中の十八番である。

「だったら今度、俺の『芝浜』を聞いてみろよ。だいぶ違うから。うちの師匠から習ったものを俺流にアレンジしたんだが、魚勝のかかあは別に正直じゃなくて、追い込まれて、本当のことを言うしかなくなり、渋々打ち明けるんだ」

「えっ、渋々、打ち明ける？　そんな『芝浜』があるの」

「あるとも。まあ、似た形は以前からあったんだが……」

勝五郎の妻は、酒をやめ、立派に更生した夫を見て安心し、真相を打ち明ける。これが一般的だが、鏡治の『芝浜』では、亭主が表通りの魚屋の店を買うために五十両の金が必要になったと聞き、ついうっかり、『五十両なら、家《うち》にも……』と口に出してしまう。あわててごまかそうとするが、問いつめられ、仕方なく……そういう段取りだった。

鏡治は二つの演出法の違いを説明してから、

「お前は三光亭鏡治の女房なんだから、どうせなら、俺が今後、金が入り用になった時、『だったら、ここに五十万が』……いや、五十じゃ安すぎるな。最低でも五百万円！　それだけへそくりが貯まるまでは、打ち明け話なんてされたって迷惑なだけだ。こっちから御免被ろうじゃねえか」

「えっ？　あの、それ……」

清子は唇を震わせて、鏡治を見つめていたが、

「それって……このままでいいってこと？　私も志朗も、この家にずっといてもいいの」

「あったり前《めえ》さ。こんなあばら屋だが、ここはほかの誰のでもねえ、お前たちの家なんだからな」

わざと芝居がかった調子で言うと、清子は無言のまま勢いよく、しがみついてきて、そのまま号泣し始めた。

（これで、よかったんだ。これで……明日からはよけいなことを考えなけりゃいい）

妻の背中に両手を回しながら、鏡治は思った。

「……ごめん、なさい。ほ、本当に、ごめんなさい」

声を詰まらせながら、耳元で清子が言う。

「ん？　何だい。何を謝ろうってんだ」

「確かに……偽の名刺を差し出したし、嘘もついたわ。来た目的も隠して……だ、だけどね、これだけは信じてほしいの！」

感情が高ぶり、突然早口になると、自分の背中に回っていた腕を振り払って、鏡治と向

き合う。

「これだけは、どうか信じて。お願いだから……あのね、最初に好きになったのは、確かにお義母さんよ。私の母はひどい親で、かわいがられた記憶なんてなかったから、やさしくしてもらって、すごくうれしかった。

だからね、正直言うけど、もし入籍するよりも前にお義母さんが亡くなっていたら、あなたとは結婚しなかった。でも、今は違うの。志朗も生まれて、あなたも私たちのために一生懸命働いてくれて……これが幸せっていうものだって、初めてわかったのよ。だからこそ、嘘をつい……ううう っ」

不自然に言葉がとぎれたのは、唇を鏡治の唇が塞いだからだ。

(それ以上はいい。今の言葉で、俺はもう充分だ)

舌を絡めながら、鏡治は心の中でつぶやいた。

(顔をちょいといじっていたとしても、この俺からみたら、こいつは天女だ。いつかは天へ……どこかに姿を消してしまうのかもしれねえが、それまではずっとだまされていよう。その日が来る前に、俺の方が先に死ねば、そんなありがたい話はねえ)

完全に吹っ切れた気持ちで唇を離す。間近に見る妻の顔はやはり神々しいくらいに美しかった。ふと脇を見ると、志朗は顔を窓の方へ向けて、すやすやと寝息を立てている。

「あのなあ、おい。いいだろう。ちょいとだけ」

「えっ、何……ああ、そうか。別に、私はかまわないけど……」

清子は恥ずかしそうに笑うと、

「だけど、『芝浜』にそういう場面はなかったわよね」

「おっ！　生意気なことを言うようになったなあ。噺家の女房として一端《いっぱし》の……いや、そんなことはねえぜ。『飲んで、また夢になるといけねえ』のあとで、きっと勝五郎が言ったはずさ。『おい、おっかあ。お前の顔を見てたら、我慢できなくなってきた。ちょいと、カーテンを閉めつくれ』ってな」

「うふふふ。それ、いつの時代の『芝浜』なの？」

「いつだっていいじゃねえか。そうと決まれば、善は急げだ」

鏡治は勢いよく立ち上がって、蛍光灯を消し、奥の部屋のカーテンを閉じる。厚手なので、室内は夕方の暗さになった。

布団のところに戻り、大急ぎでズボンとパンツを脱ぐ。あお向けの姿勢のままの清子に軽く口づけをし、キュロットのファスナーを下ろし、下着と一緒に脱がせてしまう。

そして、軽く両足を開かせようとすると、

「ちょ、ちょっと、大丈夫？　こんな感じ、何年ぶりかしら。焦りすぎてるわよ」

清子がそう言い、口に手の甲をあてて笑った。

「キューちゃんも、もう若くないんだから、頑張りすぎて腰を痛めたりしないでね」

「何を言ってやがんでえ。俺を誰だと思ってるんだ」

すぐに覆い被さろうとしたが、そこは噺家の性《さが》で、たとえ相手が自分の女房でも一言啖呵が切りたくなった。

「『あっぱれおのれは、日本一の剛《ごう》の者と組むこそ、ほまれと思え』と言い、我《わ》が乗ったりける鞍《くら》の前輪《まえわ》に押しつけ、首かき切って投げ捨てたる!」

「え……何なの、急に? 首を切るなんて、穏やかじゃないけど」

「平家物語の巻の第七。実盛最期さ」

「サネモリって……誰?」

「だから、うちの師匠の若い頃の十八番は『源平盛衰記』だけど、埼玉県熊谷の出身だから、ほかの人が演らねえ一節があるのさ。しょうがねえなあ、まったく。噺家の女房のくせに」

先ほどとは百八十度言うことが違うが、ふざけ半分だから仕方がない。これを例に出した理由は、もちろん『老いても抜群の働きをした者もいるぞ』と言いたかったからだ。

「いいか。よく聞け。そもそも、落ち行く平家の中にあって、武蔵国の住人・斎藤別当実盛は赤地の錦《にしき》の直垂《ひたたれ》に萌黄《もえぎ》威《おどし》のよろ……」

そこで、ふと言い淀んだのは度忘れのせいではない。自分のもちネタではなかったが、この一席にほれ込んでいたので、すべて頭の中に入っている。

そうではなく、突然、胸のあたりに違和感を覚えたのが言葉に詰まった原因だった。最初の二、三秒、鏡治はその奇妙な感覚の正体がわからなかったが、

（ええと、斎藤別当、実盛だろう。斎藤……どうして、こんなにモヤモヤするんだ？『斎藤』が自分の女房の旧姓であることくらいは先刻承知。いまさら違和感など覚えるはずがない。

ああ、わかった。ヤスだ。いつもあだ名でばかり呼んでいたが、あいつのフルネームが斎藤康男。俺も年なのかなあ。そんなくだらない共通点で……い、いや、待ってくれよ）

いったん顔に浮かべた苦い笑いが、即座に凍りつくのを意識した。

（さっき、こいつは『水戸の近くの小さな町で生まれた』と言ったぞ。ヤスの継母は大洗町で温泉旅館の仲居をして……大洗といえば、水戸の隣町じゃねえか。ヤスには腹違いの妹がいたはずだし、たしか清子にも……）

昨日の晩に聞いた妻の言葉が脳裏に蘇ってきた。『義理の兄が一人いて、いつも助けてくれたんだけど、その義兄さんも私が幼稚園の時に亡くなってしまった』。

（義兄妹《きょうだい》？　まさか、そんなこと、あるはずがない。斎藤なんて名字は世間に掃いて捨てるほどある。ただ、よけいな心配をしないために、確認はしておかないといけないな。

聞いた話では、たしか、こいつが幼稚園の時に死んだんだよな。とすると、三つか四つ……五つかもしれない。それを二十六から引くと、亡くなったのは二十一から二十三年前

の間。ヤスが川へ落ちたのは……)

次の瞬間、鏡治ははっと息を呑んだ。問題の事件が起きたのは、今から二十一年前の秋のことだ。

とっさに天井を見上げたのは、妻と目を合わせるのが怖かったから。木目が水面《みなも》のように揺れていると感じたのは、きっと目まいのせいだ。

(こいつはさっき、自分の口から『最初は目的を隠して、ここへ来た』と白状した。ということは……)

いつも自分を庇ってくれた義兄が死ぬ原因を作った男。その居場所を捜し出す目的……復讐以外には考えられないではないか。たちまち呼吸が荒くなり、全身が細かく震え出す。

「ねえ、キューちゃん、どうしたの」

「え……ううっ! い、いつの間に……」

首を下に向けると、目の前に清子の顔が。気づかないうちに、体を起こし、布団の上に横座りしていたのだ。

「本当に、どうしちゃったの? すごく怖い顔してるわよ」

「お、お前、ヤス……斎藤康男の妹だったのか」

とっさに口から言葉が飛び出してしまった。いくら何でも性急すぎる。まずは慎重に探りを入れるべきだが、頭の中が真っ白で、何も考えることができなかったのだ。

唐突すぎるこの質問に、清子も驚いた様子で、しばらく口を半開きにしていたが、やがて、両眼の奥で何かが動き始める。

鏡治を見つめたまま、いつものように顔をクシャクシャにするのではなく、唇を歪めるようにして笑うと、

「ええ、そうよ。母親は違うけどね。でも、どうして気づいたのか……キャー！」

突然叫び声を上げた理由は、恐怖に駆られた鏡治が両手で突き飛ばしたせい。すると、布団の端で眠っていた息子の志朗がむっくり起き上がり、彼の方を見た。

寝ぼけ眼《まなこ》かと思えば、両方の眼をかっと開いている。その顔を改めて見て、鏡治は驚愕した。

面長の輪郭、大きな二重の眼、そして何よりも、つんと高い鼻。

（これは『もう半分』の親父……い、いや、違う。この子は俺が殺したヤスに生き写し。だから、あいつのことを思い出して以降、自分の子だと思えなくなったんだ！）

鏡治は前に聞いた馬八兄さんの話を思い出した。

（『もう半分』と筋が瓜二つの『正直清兵衛』では、子供が生まれてお終いではなくて、その子が殺された清兵衛の仇討ちをする。ということは……ううっ！）

吐き気を催し、思わず右手で口元を押さえる。そして、背筋に猛烈な悪寒。

意味不明な叫びを上げながら立ち上がり、畳に脱ぎ捨ててあったズボンと下着をつかん

で走る。

玄関で、とりあえずパンツだけをはき、土間にあった下駄をとりあえず手に持って、鏡治はドアの外へ出た。そして、アパートの廊下で今度はズボンを身につけ、下駄を履こうとした時、足元に四角い紙片が落ちているのに気づいた。

拾い上げてみると、それは最前の名刺だった。どうやら服と一緒につかみ込んだらしい。近くにある街灯に照らされた文字は『大協生命保険株式会社　上野支店　斎藤鶴子』。

（こいつは、一体何の目的があって、ここに……）

と、その時、彼の名前を呼ぶ声が聞こえた。そして、迫ってくる足音。

鏡治はあわてて下駄を突っかけ、転びそうになりながら、廊下を駆け出した。

18

「……というわけなんでございます。師匠、今回も話が長くなり、ご迷惑をおかけいたしまして、まことに申し訳ございません」

稲荷町の長屋。いつもの場所にいる師匠の向かいで、鏡治は深々と頭を下げた。

「いや、迷惑だなんて思ってやしないけど……しかし、お前《まい》は偉いねえ」

「偉い？　あの、何がでございますか」

「だって、そうじゃないか。女房の一言で精神錯乱を起こし、そのまま家を飛び出していれば、今頃は猥褻物陳列罪《わいせつぶつちんれつざい》で留置場の中だ」

「いえ、まあ……たぶん、理性の一かけらくらいは残っておりましたんでしょうね」

この指摘には、さすがに苦笑するしかなかった。

話に一区切りついたのを見て、師匠の脇に座っていたおかみさんが鏡治のお茶をさし替えてくれた。和服姿で、ひっつめ髪。会話に口を挟むことはめったになかったが、その場にいてくれるだけで、心が和むのを感じた。

話を終えて、熱いお茶をすすり、鏡治はやっと人心地《ひとごこち》ついた。時刻は午後五時過ぎ。財布を持って出なかったので、徒歩でここまで来たのだった。

「しかし、何というか、摩訶不思議な展開になったもんだねえ」

分厚い眼鏡をかけた稲荷町の師匠が言った。

「『たらちね』の怪談なら聞いたことあるが、『芝浜』の怪談というのは知らなかったなあ。どうだい、鏡治。今度、どこかでトリでも取る時に演ってみたら？」

「じょ、冗談はよしてくださいよ、師匠。あたくしにとっては一大事。一家の将来がかかってるんですから」

「ああ、ごめんごめん。茶化したりしちゃいけないな。じゃあ、真面目に話をしよう。つまり、何だね、清子さんというお内儀は二十年以上前、お前が手にかけ……ちゃいないのか。まあ、ものの弾みとはいえ、お前が手出しをしたせいで川へ落ちてしまったヤスなる人物の義妹《いもうと》だった。それは間違いなさそうだね」

「はい。本人が認めているわけですから、疑う余地などありません」

「わざわざ、そんな嘘をつく理由もなさそうだしねえ。だから、その復讐のため、身分を偽り、お前のアパートへやってきた。そう思っているわけだね」

「別にそう思いたくはないのですが……でも、それ以外には考えられません。もちろん、復讐といっても刀やナイフを抜いて仇を討つわけではなく、抗議し、金を要求するつもりだったのかもしれませんが。

確かに一度は故郷を捨てたあたくしですが、噺家になり、特に二つ目になってからは地元近辺で仕事をするようになりましたし、勉強会も何度か開きました。家内は中卒で上京したそうですが、その後、地元に戻ることがなかったとは言えませんから、同級生に何人かあたれば、あたくしの居場所は簡単にわかったはずです」

「それはそうだろうねえ。『義兄《あに》の友達を捜しています』と言われれば、普通は疑わないもの。強面《こわもて》の借金取りならともかく、相手はうら若き美女なんだから、あたしならきかれたことは何でも教えちまう……いや、まあ、仮にそうなったらの話だけどね」

最後、急につけ加えたのは、師匠が脇にいるおかみさんを気にしたからで、何とも微笑ましい光景だったが、鏡治にはそれを笑う心の余裕がなかった。

「ただね、あたしがわからないのは、なぜお前のかみさんが、深夜の橋の上で起きた事件について知っていたかだよ。お前、誰かに喋ったのかい。そうじゃないんだろう」

「い、いいえ、それは、そうなのですが……」

師匠は早速、鏡治自身が最も腑《ふ》に落ちないと感じていた点をずばりと突いてきた。

「そこはあたくしも変だなと思っておりました。誰かに明かした記憶はないのですが、絶対誰にも言ってないかというと……もう一つ自信がもてません」

自然と肩が落ち、口からは吐息が漏れてしまう。

「先ほども申しました通り、二つ目昇進以降は地元で会を開くようになりまして、その打ち上げでは中学の同級生たちと二次会、三次会と飲み回り、泥酔して記憶が飛んでしまったことが何度かあります。もしそんな時、ヤスの話題が出ていたとしたら、何か喋っていたかもしれません」

「なるほど。そうであれば、可能性がゼロとは言えないね」

「ですが、あたくしは、家内が口にした現在の気持ちについては嘘などないと、その点だけは信じております」

一言一言、自分の言葉を嚙みしめながら話をする。

「『嘘から出たまこと』とよく申しますが、最初の目的が復讐だったとしても、何度か訪れるうちに、おふくろの人柄にほれ、気持ちが変わった。それは充分あり得ると思います。

家内は家族の縁の薄い女なので、幸せな家庭への憧れは人一倍強かったようですし」

「ねえ、鏡治さん。まあ、こういうのを蕎麦屋の湯桶《ゆとう》ってんだろうけどさ」

ずっと黙っていたおかみさんが口を開いた。『蕎麦屋の湯桶』は『脇から口を出す』『よけいな口出し』といった意味の見立て言葉である。このあたりの呼吸は、さすが稲荷町の師匠の奥様だ。

「これから家へ戻って、今まで同様に暮らしていくことはできないのかい。だって、いったんはそうしようと決心したんだろう」

「え、ええ。それはごもっともなのですが……ただ、『斎藤康男』という名前に恐れおののいた姿を家内に見られてしまいましたから。『あれは何だったんだ』ときかれた時、申し開きができません」

「いや、それは何とかなるよ。正直に事情を打ち明ければいいだけなんだから」

と、今度は稲荷町の師匠。

「正直に……とおっしゃいますと？」

「だから、そのまんまさ。『川へ飛び込もうとするから、俺は何とか止めようとしたが、もみ合っているうちに、結句《けっく》、落ちてしまった。よけいな手出しだったかもしれねえが、決して悪気はなかったんだ』」

「ははあ。それならば、嘘は何もついておりませんね」

「そうだろう。そして、『これからはヤスの供養もちゃんとするし、お前も息子も幸せにしてやる。もし、それで足りなければ、ぶつなと蹴るなと、気の済むように……』」

「あの、師匠、それじゃあ、『芝浜』の女房でございますよ。どうか、真面目にお願いします」

稲荷町の師匠も芝居っ気があるから、どうしてもこうなってしまうのだ。

「確かに、まあ、それならば……いえ、やはり無理です。今まで通りの暮らしは続けられません。家内はともかく、息子があれでは、さすがに……」

「あれって、顔のことかい？　母親の違う兄妹だよねえ。ということは、板前だった二人のお父っつぁんが偶然、『もう半分』の八百屋の親父に顔が似てたってわけなんだろうね」

「『もう半分』によく似た『正直清兵衛』では、生まれた子供が死んだ清兵衛の恨みを晴らし、親殺しをすると、馬八兄さんから伺いました。自分の家でも同じことが起きるのではないかと考えたら、枕を高くして寝られません。ノイローゼになっちまいます」

「まあ、本人の立場からすれば、そう言いたくなるだろうけど……うーん。弱ったなあ、こいつは」

さすがのホームズにとっても難問らしく、稲荷町の師匠は腕組みをして、うなり出した。

「別に責めるわけじゃないけど、お前、名刺を見た時、昔の友達の妹だってことに気がつかなかったのかい」

「名刺って……偽の名刺でございますか？」

何を言われているのか、わからなかった。

「だってさ、肩書きは嘘でも、偽名までは使ってなかったんだろう」

「それはそうでございますが、『斎藤』だけでは気づくはずがありません。もっと珍しい名字ならば話は別ですが、佐藤、斎藤、鈴木なんかはごくありふれておりますから」

「名字だけならその通りだが、名前だってあるじゃないか。姓と名が揃えば、数はぐっと制限されるよ」

「確かにそうですが、それでもやっぱり無理です。義理の妹がいること自体、ヤス本人からは聞いておりませんし、ましてや名前なんて……そもそも、ヤスはよく私の家に来て、うちのおふくろにかわいがられておりましたが、私は結局、向こうの家には一度も招かれませんでしたから」

「何だか、よくわからないなあ。お前、頭が混乱しているんじゃないか」

少し不機嫌そうな声音で、師匠が言った。鏡治も最前から、会話が嚙み合っていないと感じていたが、そうなる理由が吞み込めないから、どうにもならなかった。

「いいかい。もう一度言うから、よくお聞きよ」

「あ、はい。も、申し訳ございません」

「別に申し訳ないこたないよ。簡単な確認さ。旧姓である斎藤の下のお内儀の名前は、二十六年前、お前自身がつけたんだろう」

「は、はい？　い、いいえ、そんなことは……」

相手の意図が理解できず、鏡治は狼狽した。すると、師匠は続けて、

「だってさ、神楽坂の楽屋で前座の琴太がそう言ってたじゃないか。お前がお内儀の命名親だって」

「メイメイ、シン……ああ、名づけ親ですか！　そういえば、確かに琴太がそんなことを申しておりましたね」

「だろう。あの時、何だか不思議な気がしたけど、年が十二も違うと聞いて、あり得ないことではないと思ったんだ。中学一年生になれば、赤ん坊の名前くらい考えられるからね」

「……ははあ、なるほど。やっと、わかりました！」

鏡治は深くうなずき、破顔一笑する。

「師匠、失礼ですが、それは思い違いでございますよ。事実とは全然違います」

「えっ、違うって……どこが？」

師匠が不審げに眉をひそめる。

「確かに、あたくしは家内の命名親ですが、名前をつけたのは二十六年も前ではありません。たった三年前です」

「三年前……ということは、お前と所帯をもったあとに名前を変えたってことかい」

「その通りです。それは、どうしても改名せざるを得ない理由があったからなのですが」

「そりゃ、そうだろう。ただの気紛れでは裁判所が許可するはずがない」

「はい。そして、その理由というのが――」

「おい。ちょいとお待ち！」

師匠が両手を前へ突き出し、制止する。

「お前も野暮だねえ。少しはあたしに考えさせてくれたらどうなんだ」

「あっ！　これは失礼いたしました」

鏡治はあわてて畳に両手をついて詫びた。相手は高座のホームズなのだ。やっと勘違いが解消され、これから謎解きという時に猶予を与えないのは間違っている。

「ええとだよ。たしか、お前の息子の名前が『志朗』だったね。それは『元犬』からつけたと聞いたから……はは あ。そうか。『たらちね』だ」

師匠の顔に喜色が浮かぶ。さらに両腕を解き、右手で膝をたたくような仕種をすると、

「そうそう。この間、神楽坂の楽屋で話をしたっけな。普通、八五郎の台詞は『リンシチクリト』だが、お前のはたしか……ん？　あっ、そうか！」

稲荷町の師匠が顔の前で、両手をポンと合わせる。

「わかったよ。いやあ、今度も実に奇抜なもんだったねえ」

19

「リンシチクリト？　あの、それ、『たらちね』のクスグリでございますよね」

大家さんが八五郎の女房になる女と道でばったり会った時のやり取りを受け、七輪と徳利を引っくり返してこしらえた、いわば言葉遊びだ。

「そうだよ。お前とこの話をしたのは、たしか上席の二日めだったたねえ」

「はい。もちろん、よく覚えておりますが……」

鏡治は言葉に詰まった。『それと何の関係が？』と言いたかったのだが、稲荷町の師匠が態度を急変させた理由が不明なので、まずはそっちを先に質問する必要があった。

「あのう、先ほど『わかった』とおっしゃいましたが、おわかりになったのはどんな点についてでございましょう？」

「どんなもこんなもないよ。何もかも全部さ」

自信満々の返答を聞いて、鏡治はますます困惑してしまう。

（何もかも全部って、どういうことだ？　うちのやつが改名した理由について話していたはずだが……どうも、それだけじゃなさそうだな）

とにかく話を先へ進めなければと思い、口を開きかけると、部屋の隅で小さな猫の鳴き声。見ると、廊下から黒兵衛が姿を現した。そして、居間に入ってきた黒猫は真っすぐおかみさんのところへ行き、その膝に乗った。

「ははあ。お宅に戻ってきてから、まだ間がないのに、もうすっかり懐いておりますねえ」

「そうなんだよ。旦那よりもあたしが好きみたいで、夜寝るのもあたしの足元なの」

おかみさんが猫をなでながら、眼を細める。それを見て、師匠が小さな舌打ちをした。

「まったく、俺よりも猫の方を贔屓にしやがる。朝飯だって、まずは猫様が先だ。おばあさん、いいかげんにしなよ。『火事息子』じゃねえんだから、猫ばばあはたくさんだ」

「そんなこと言ったって、向こうから来るものは仕方ないでしょう」

喧嘩ではなく、じゃれ合いで、本当に仲がいいのだなと、鏡治は思った。

やがて、おかみさんは猫を師匠に譲り、買い物に出る。

「そうだ。お前がものすごい形相で家へ飛び込んできたから、言うのを忘れてたがね」

黒兵衛が、今度は師匠の膝の上に、体を伸ばして横たわる。

「実は一時間ほど前に、平林さんが来たんだ。それで、教えてもらったんだが、鏡也の件、本当に驚いたよ。お前も大変だったろう」

「え……あっ、はい。申し訳ございません。そのことを、まず先にお話しすべきでした」

「いや、大丈夫。今日の午前中に鏡楽さんからも電話があって、経緯はわかってるつもりさ。改めて説明してもらわなくてもいいが……ただね、お前と相談しておかなければいけないことが一つある」

「あたくしと相談……あっ！　こ、これは、とんでもないことをしてしまいました。まことに申し訳次第もございません」

鏡治は後退りし、額を畳にすりつけた。全身から冷や汗が噴き出すのを意識する。鏡也が起こした動物虐待事件の後始末について、平林刑事と鏡治の二人で勝手に決めていいはずがなかったのだ。

「おいおい。別に恐縮しなくたっていいよ。顔をお上げ」

稲荷町の師匠がやさしい口調で言った。

「他人《ひと》の女房に手を出し、その亭主に刺されたのも、まあ、天罰と言えないことはない。今後のことについては、あたしも平林さんと同じ意見なんだ。被害を受けた猫たちには申し訳ないが、それはあとで鏡也に何かの形で償ってもらうことにして、例の件は表沙汰にしないことにしようと思う。

ただ、最低限のけじめはやはり必要だから、事態が落ち着いたら、あたしから鏡也に話をするよ。お前はこれ以上何も言わないで……早い話、このあたしに万事任せてもらいたいんだが、いいかな。それで」

「は、はい。もちろん結構でございます。どうかよろしくお願い申し上げます」

まさにホームズ裁きならぬ大岡《おおおか》裁き。鏡治は安心して、もう一度深々と頭を下げた。

「じゃあ、これで万事解決だね。よかった。肩の荷が下りたよ」

「はい。その通り……ええと、それは……」

顔を上げ、晴れ晴れとした師匠の表情を見て、鏡治はまた戸惑った。すると、向こうもすぐに気配を察知したらしく、

「おや？　変な顔をしてるね。まだ何かあるのかい」

「い、いえ、そのう……ですから、『芝浜』の怪談はどうなったのかなと思いまして」

「ああ、それか。ごめんごめん！　忘れてた。年のせいかねえ、やっぱりこれは」

稲荷町の師匠が頭をかく。そして、少しからかうような眼で鏡治を見ると、

「今回はね、おかしな言い方になるけど、そもそも謎なんて何もなかったんだよ」

「はあ？　あの、それはどういう意味でございますか」

「どういう意味って……そのまんまさ。あたしは近頃眼が悪くなっちまったんで、推理小説なんてものはあまり読まなくなったけど、もしこれが小説だとすると、かなり珍しい例かもしれない。主人公であるお前は、最初から何もかもわかっていたわけだから」

「え、ええと、申し訳ございません。おっしゃる意味が呑み込めませんが……」

「だからさ、あたしは『命名親』て言葉を勘違いしたからわからなかったけど、そうでなければ、お前のおっ母さんの戒名を聞いた時点で気がついたはずさ。お前は何もかも知っ

てたわけだから、そもそも謎なんてあるはずがない」

鏡治は途方に暮れてしまった。『謎などない』と言われても、頭がますます混乱するばかりだ。

「その様子じゃ、まだ気づかないみたいだけど、これ以上、どう説明すればいいか……」

黒猫の背中をなでながら、稲荷町の師匠が首を傾げる。そして、しばらく考えてから、

「こんなことをお願いしちゃ、真打ちに対して失礼だが、お前、ちょいと『たらちね』の言い立てを演ってくれるかい」

「は、はい……？　いえ、お申しつけとあれば、もちろん演らせていただきます」

姿勢を正す。先日、志朗が回らぬ舌で演っていたが、自分にお鉢が回ってきてしまった。

「自らことの姓名は父は元京都《きょうと》の産にして、姓は安藤《あんどう》、名は慶三《けいぞう》、字《あざな》を五光《ごこう》と申せしが、我が母三十三歳の折、ある夜丹頂《たんちょう》を夢見、わらわをはらみしがゆえに、たらちねの胎内を出《い》でし時は鶴女《つるじょ》、鶴女と申せしが、それは幼名《ようみょう》、成長ののちこれを改め、清女《きよじょ》と申しはべるなりぃ……よろしいでしょうか」

「うん。いくら何でも、これでわかったはず……だめかい？　弱ったねえ、どうも」

さすがの名探偵がついに頭を抱えてしまった。

「ああ、そうだ。こう言えばいいかな。ねえ、お前、もしかして、勘違いしてやしないかい。お内儀が、お前のおっ母さんに先にほれ、一緒にいたいからお前と所帯をもった、と

かさ」

「え……ええ、はい。それは、今でもそう思っておりますけれど」

「そりゃあ、とんでもない思い違いだよ。お内儀はね、最初《はな》っからお前と結婚がしたくて、居場所を捜し、偽の名刺まで作って近づいてきたのさ」

「ええっ？　ま、まさか……」

あまりにも意外すぎるホームズの言葉だった。

「そんなはずはありません。お言葉を返して恐縮ですが……だって、家内はうちのおふくろが先に死んでいたら、あたくしとは結婚しなかったと、はっきり申しましたよ」

「そりゃあ、そうさ。お前のおっ母さんが亡くなったあとで、籍なんぞ入れてみたって何のご利益もないからね」

「ゴリ、ヤク？　あのう、あたくしには何のことやら、さっぱり……」

狐につままれた思いで、しばらく絶句していると、師匠は笑いながら、

「だからねえ、お前は最初にボタンをかけ違えちまったから、謎なんかないのに、ずっと眼をくらまされてたんだ。よく考えてごらん。お前のお内儀は顔を整形したと言っていたね。それは何のためだい？」

「ですから、それは……ああっ！　わ、わかりましたぁ」

頭の中に白い稲妻が走った。なるほど。鏡治の前には手がかりはもちろん、答えまで最

初から提示されていた。それらはあまりにもあからさまで、今となっては、気がつかなかったのが不思議になるほどだった。

「わかったのなら、よかったよ。たぶん、お内儀はお前と所帯をもっても、三月《みつき》か半年で適当な理由をつけて別れるつもりだったんだろうね」

そう言いながら、稲荷町の師匠が今度は猫の顎のあたりをなでる。

「だから、そのままずっと夫婦でいるのは、間違いなく、お前にほれたからさ。やっぱり、これからもずっと、今まで通りの顔をして、暮らしていくのがいいと思うね。

いやあ、うらやましいねえ、お前は。金の成る木は見つからなくても、とびっきりいい女房を手に入れたんだから」

エピローグ

「確かに、珍しい例ではありますねえ。お母様と奥様と名前が同じというのは……ああ、すみません。もう完全にあなたが高原久市さんだという前提でお話ししていますが」

探偵の安川新太郎が言った。正体が誰かという点に話が及ぶと、占い師はかたくなに口を閉ざしてしまう。

「つまり、斎藤鶴子《つるこ》さんという女性が、高原鶴子《ツルコ》・久市という親子のところへ嫁入りしてきた……ああ、そうか。あなたのお母様の方の読みは『カクコ』でしたね。ただし、戸籍に振りがなはありませんから、紛らわしいことこの上ないです」

「つまり、それが斎藤鶴子の目当てだったわけですよ」

「目当て……？　どういうことですか」

「詳しい事情をお話しする必要はないと思いますが、斎藤鶴子は悪い連中に追われている身でしてね、そのために関西から東京へと移り住み、顔の整形までしました。けれども、最後に残った問題は名前です。『鶴子』というのはありそうで、ない名前ですから、それを変えるまでは安心できなかったのでしょう。

改名するためには、家庭裁判所へ申請書を提出する必要がありますが、たとえ出したとしても、そう簡単には通りません。例えば、本人がどれほど嫌いな名前であっても、それが原因で重篤な精神障害でも患っていない限り認められないし、画数が悪いので改名したいというよくある申し立てについては、最低でも七年間、新たな名前を通称として用いることが最低条件となっています。まあ、これは当然のことで、本名を簡単に変えられては、社会の秩序が崩壊してしまいますから。

　ただし、たった一つだけ、ごく短期間かつ確実に改名が認められるケースがあります。それは、家族の中に同姓同名がいる場合。義母と嫁がまったく同じ名前であれば、まず百パーセント許可されます」

「なるほど。それで……つまり、最初から、夫婦になり、改名することが目的で近づいてきたわけですね」

「そこだけ見れば、実に狡猾《こうかつ》な女ですよ、斎藤鶴子は。しかし、その後、義母、さらに夫からも愛情を注がれたせいで、心変わりして、この人たちのために一生尽くそうと決心するに至ったようです」

「なるほど。ただ、斎藤鶴子は一体どうやって、自分と同姓同名の女性を見つけ出したのでしょう？　しかも、その相手には年頃……まあ、当初はすぐに離婚するつもりだったわけだから、年は離れていてもかまわなかったでしょうが、とにかく結婚可能な年齢の息子がいなければ話にならないわけですよね」

「実は斎藤鶴子の義兄《あに》の中学時代の友人が高原久市だったのですよ。不幸にも若くして亡くなりましたが、高原家に何度も遊びに来て、久市の母親にもかわいがられていました。だから、『俺の友達の母さんはお前と同じ名前だぞ』と幼稚園児だった妹に教えたんでしょうね。斎藤鶴子はそれを思い出し、親子の知り合いにあたり、彼らの居場所を捜したのです。ところで、安川さん、あなた、『たらちね』という落語をご存じですか」

「え、ええ。落語はあまりよく知りませんが、それくらいは。『あーら、我が君』とかいうんですよね」

「いや、これはお見逸れしました。では、お詳しいようなので、説明はしませんが、あの噺で八五郎の女房は幼名が『鶴《つる》』、成長後に『清《きよ》』と改名したことになっています。ですから、鏡治はそこから採って、自分が命名親になり、妻の新たな名前を『清子』としたわけです」

「あっ、なるほど！　それで……さすがは噺家さんらしい、しゃれた命名ですね」

「安川さんもきっとご存じのことと思いますが、先代の林家正蔵師匠は『たらちね』と高原鶴子《かくこ》さんの戒名をヒントにして、たちどころにこの謎を解いたそうですよ。ええと、ここに書かせてもらいますが……」

占い師はボールペンを取り出し、メモ用紙の裏に『明峰光鶴信女』と書いて示す。それ

を見た探偵は少し考えてから、

「……ああ、なるほど。『鶴』の字が入っているのか。確かに戒名をつける際、生前の名前から一字採ることはよくありますね」

「戒名だけじゃなくて、噺家の前座名もそうです。三光亭鏡治の前座の時の名前も、本名の『久市』の『市』を採って、『きょう市』でしたから。ただし、『きょう』は鏡《かがみ》じゃなくて、ひらがなですがね。

戒名については、仕事柄、多少詳しいのですが、真言宗の場合、二字めに『実字』といって、海、山、峰、雲など、具体的な物を表す字を入れることが多いです。特に今挙げた四字などは徳が高いという意味合いがありますから。それを除くと、残るのは『明光』に『鶴』。一般的に動物の名前は戒名には入れません。龍や鶴亀、鳳凰《ほうおう》は一応例外とされますが、やはり例は少ないですね。正蔵師匠は博覧強記《はくらんきょうき》として知られていたので、そのあたりに着目されたのだと思います」

「なるほど。さすがは名人ですねえ。落語も推理も」

「まあ、あなたがいらした事情もわかりましたから、私もそろそろ警戒を解くことにしましょうかね」

占い師が頭巾を取り去る。現れたのは老人ではなく、四十代と思われる男性の顔。面長で二重の眼、つんと高い鼻に大きな特徴があった。

「あれえ？　あなた、鏡治師匠じゃありませんね。一体、誰なんです？　そこまで、いろいろとご存じというのは……」

「私は、高原久市の息子の志朗ですよ。話を合わせることができたのはすべて父から聞いて知っていたからです。『元犬』の犬の名を採って、父は私を志朗と命名したそうですが、ソイルという名前もそれが由来です」

またメモ用紙にペンを走らせる。『SIROU』、そして、『SOIRU』。

「ははあ、そうか。ただ並べ替えただけ……つまり、アナグラムだったのですね」

「私は普通に高校、大学を出て、会社勤めをしましたが、そこがいわゆるブラック企業というやつで、心を病みましてね、そこからスピリチュアルな世界に憧れるようになって、四十三歳になった現在ではこんな仕事をしているというわけです。

父は今でも健在ですよ。三年前から千葉県内の老人ホームに入居していますがね。寄席に出なくなったのは、肺を悪くして、大きな声が出なくなったせいです。ただ、本人はあくまでもリハビリ中のつもりで、いつか高座に復帰する意欲をもっていましたから、公に引退を宣言することはありませんでした。先代の鏡楽師匠は、息子さんが漫才師として寄席の高座に上がるようになってからは酒を断ち、養生《ようじょう》に努めたおかげで、九十三歳まで長生きされて、二十年ほど前に亡くなりました。父が一番弟子でありながら師匠の名前を継がず、弟弟子に八代目を譲ったのも、その時点ですでに体に変調を感じていたからです」

「なるほど。そういうご事情でしたか。では、ついでに伺いますが、美人で評判のお母様は……」

「美人？　いやあ、昔はともかく、もう六十六歳ですからねえ。介護するのが一苦労なので、父をホームには入れましたが、やはり心配らしくて、近くにアパートを借り、頻繁に面会に行っているみたいです。母が来たのがわかると、ほかの男性入居者が目の色を変えるそうで……だから、まあ、女性としての魅力は残っているんでしょうね。なぜか私の下には弟も妹もできませんでしたが、両親はこっちが気恥ずかしくなるほど夫婦仲がよく、私も二人からたっぷり愛情を注がれて育ちました。

　高座に上がらなくなって以降、父は演芸関係の人たちと疎遠になりましたし、病気についても他人に知られるのを嫌いました。でも、父とごく親しかった人たちには事情を説明していたはずなのですが……誰かからお聞きになりませんでしたか？」

「いや、面目ないです。そこまでは我々の調査が届いておりませんでした」

「それにしても、父に実の兄がいたとはねえ。つまり祖母の鶴子が炭家の息子だった祖父の義久と所帯をもつ前に、一度結婚していて、子供まで産んでいたということでしょう。そんな話は父から聞いていないので、もしかすると、知らなかったのかもしれません」

「その可能性は大いにあります。遺産相続の手続きをする必要がなければ、古い戸籍なんて調べませんから」

「とにかく、助かりましたよ。私にも妻と娘が一人いますが、暮らしていくのがなかなか大変で、両親に金銭的な援助をする余裕まではなかったんです。これで、しばらくは心配しなくて済みます」

「喜んでいらっしゃいますが……ご自身の金運については、リーディングはされなかったのですか」

「うふふふ。また、それですか」

占い師のソイルは顔をしかめながら、軽く首を振った。

「実を言いますとねえ、体から発するエネルギー、つまり、オーラは鏡には映らないんです。だから、自分の未来は見通せない。そういうことにしておきますよ。あはははは！」

あとがき

安楽椅子探偵ならぬ『座布団探偵』が謎を解く『高座のホームズ・昭和稲荷町らくご探偵シリーズ』の、これが第四弾になります。

昭和を舞台としている作品なので、令和二年現在の社会の動きに囚われる必要はないのですが、そうは思っても、やはりここで新型コロナウイルスの騒動に触れないわけにはいかない気がします。

『定席』と呼ばれる東京の寄席は一年三百六十五日、施設の改装でもしない限り、興行を続けるのがあたり前で、もし休んだとしても大晦日くらい。太平洋戦争の期間、空襲警報の響く中でも演っていたそうですし、近い例では、東日本大震災の翌日に木戸を開けた寄席も何軒かあったと聞いています。

それなのに、政府の緊急事態宣言を受け、今回はすべての寄席が長期間に及ぶ休業。こうなると、弱い立場なのが芸人さんで、何人かの知り合いと電話で話をしましたが、ほとんどの仕事がキャンセルになり、本当に大変な状況のようです。

作品の冒頭にも今回の騒動を想起させる場面が登場しますが、正直なところ、あの部分を書いた時点では、ここまで大事になるとは考えもしませんでした。先を見通すことは難しいですが、とにかく一日も早く日本全体が普段通りの生活に戻れることを祈るしかありません。

これまでの三作に引き続き、林家正雀《しょうじゃく》師匠からは数々の貴重なアドバイスを頂戴し、とても感謝しております。実は師匠の二番弟子である彦星《ひこぼし》君も今回のコロナ騒ぎの被害者の一人でした。せっかく前座修業を終え、この五月に林家彦三《ひこざ》と改名し、二つ目昇進を果たしたものの、上がれる寄席の高座がなくなり、お披露目はおあずけになってしまいました。私と同じ福島県出身の俊英ですので、これにめげることなく、今後の活躍に期待したいと思います。

方針として、当時の実在の芸人さんについては会話の中だけに登場させることにしていたのですが、四作めにしてついに、実名で高座に上がっていただくコンビが現れました。太神楽の鏡味仙三郎・仙之助のお二人です。

せっせと寄席通いをしていた大学時代からのファンで、残念ながら仙之助さんは平成十三年に亡くなりましたが、仙三郎親方は今でもご活躍中です。

昨年、ご縁があって、親方の初めての著書である『太神楽　寄席とともに歩む日本の芸能の原点』（原書房）の編者を務めさせていただきました。太神楽の歴史や多彩な技の解説はもちろん、親方自身の生い立ちや交遊録まで紹介されたとてもいい本になりましたので、機会があれば、ぜひ手に取っていただければ幸いです。

また同じ中公文庫からは、私の旧作である神田紅梅亭シリーズの『道具屋殺人事件』『芝浜謎噺』もすでに刊行されていますので、そちらもどうかよろしくお願いします。

本書の制作にあたり、これまでと同様に滋味あふれるカバー画を描いてくださった森英二郎さん、カバーデザインを担当された next door design の岡本歌織さん、中央公論新社の三浦由香子さん、深田浩之さんに大変お世話になりました。本当にありがとうございます。

そして、素晴らしい解説を書いていただいた広瀬和生さんにも心より感謝申し上げます。噺家さんに対して的確で、しかも温かみのある評論を以前から拝読しておりましたので、今回、解説をお願いすることができ、とても光栄に感じました。

最後に、この物語は一部実在の人物が登場するものの、内容はすべてフィクションであり、特定の個人・団体等とは一切関係のないことをおことわりいたします。

愛川　晶

参考文献

『林家正蔵集上巻』『林家正蔵集下巻』（八代目林家正蔵　青蛙房）
『志ん生人情ばなし』（五代目古今亭志ん生　立風書房）
『古典落語　正蔵・三木助集』（八代目林家正蔵・三代目桂三木助　ちくま文庫）
『古典・新作落語事典』（瀧口雅仁　丸善出版）
『落語大百科1』『落語大百科3』『落語大百科4』『落語大百科5』（川戸貞吉　冬青社）
『落語美学』（江國滋　ちくま文庫）
『からぬけ　落語用語事典』（本田久作　パイインターナショナル）
『落語案内』（二代目桂小南　立風書房）
『師匠の懐中時計』（林家正雀　うなぎ書房）
『彦六覚え帖』（林家正雀　うなぎ書房）

解説

広瀬和生

本作は、落語ミステリのエキスパート愛川晶が、実在した「昭和の名人」八代目林家正蔵を安楽椅子探偵役に起用した異色シリーズの第四弾である。

作者にはこの「高座のホームズ」シリーズの他に二つの落語ミステリのシリーズがある。一つは神田紅梅亭という寄席を舞台とするもの、もう一つは神楽坂倶楽部という寄席を舞台とするもので、この二軒はどちらも愛川ワールドにのみ存在する架空の寄席。本作第一話の冒頭に、東京の寄席の定席は「ここ（神楽坂倶楽部）と上野鈴本演芸場、新宿末廣亭、神田紅梅亭、浅草演芸ホール、そして、池袋演芸場の六カ所のみ」と言及している箇所があるが、現実世界に存在しているのは上野、新宿、浅草、池袋の四軒だ。

ちなみに東京にはもう一軒、月のうち上旬と中旬のみ定席の機能を持つ「国立演芸場」が半蔵門にあり、落語協会や落語芸術協会が寄席で行なう真打昇進披露興行、襲名披露興行にはここも含まれる。一九七九年三月開業なので、本作で正蔵が謎を解く一九七九年八月には既に存在していたわけだが、変則的な興行形態も含め、いろんな意味で他の四軒とは一線を画する存在なので、通常「寄席の定席」と言う時に国立演芸場は含まれない。落語ファンの感覚からすると国立演芸場とはむしろ「落語と色物に特化された小ホール」のような存在だ。

……などと当たり前の顔をして書き始めたが、愛川ミステリの解説を書くという大役を仰せつかって大変に緊張している。僕は子供の頃から現在に至るまで内外の推理小説を読み漁ってきてはいるけれども、「書き手」としては専門外。なので僕が解説すべきはおそらく「落語の演目」や「落語界」についてなのだろうけれども、愛川晶は非常に巧みな書き手で、演目についても落語界の仕組みについても八代目正蔵という落語家についても、小説の中でとても自然に説明されている。落語初心者に親切でありつつ、すれっからしの落語マニアが読んでも非の打ちどころがない。今さら落語評論家による「解説」など不要なのである。

愛川晶の落語ミステリの素晴らしさの第一は、そこにある。何事もそうであるように、「初心者にもわかりやすく解説する」というのは、本当に深く理解している者にしかできない。僭越《せんえつ》な言い方で申し訳ないが、愛川晶の落語に対する知識は「本物」だ。一ミリたりとも「付け焼刃」感がない。落語は愛川晶という作家の血肉となっている。作品の中に落語に関する情報が溢れ返っているのは、単なる「薀蓄《うんちく》」などではなく、作者の強烈な「落語愛」が為せる業であるというのが、読み手にひしひしと伝わってくる。

だが最も重要なのは、この物語の舞台が「落語の世界」であることに「推理小説としての必然性」がある、という点だ。

ネタバレになるといけないので具体的には触れないでおくが、愛川晶の落語ミステリにおいては「落語の演目」そのものに大きな意味が与えられている。本作でも様々な演目に言及されているが、真相が解明された時、「全体を貫く大きな謎を解き明かすカギがそこにあったとは！」と、その着想の見事さに舌を巻いた。これは、筋金入りの落語ファンならではの発想だ。

そしてまた、読了してから振り返ってみてわかる「ある仕掛け」も素晴らしい。これも「落語ミステリだからこそ」成り立つわけだし、落語評論の書き手として共感するものでもあって……いや、これ以上はやめておこう。ネタバレを避けながら本書の巧みな構造を称賛するのは僕の手に余る。要するに僕が言いたいのは「愛川晶の落語ミステリを落語ファンが読まないのはあまりにもったいない」ということだ。本作は「見事な仕掛けが施されている優れた推理小説」であり、落語をよく知らなくてもまったく問題ないが、やはり「落語の世界を活写した『落語小説』として文句なく面白い」という点にこそ真価がある。ミステリの「謎」の根幹に落語の演目が関わってくるという、類を見ない「知的興奮」を与えてくれる愛川晶には、落語ファンの一人として感謝あるのみだ。

それにしても八代目林家正蔵を安楽椅子探偵に起用するとは、それこそこのシリーズでの正蔵の決まり文句「いやあ、奇抜なもんだねえ」そのものである。なぜ彦六の正蔵を探偵役に選んだか、その縁については作者自身がシリーズ第一作の「あとがき」で書いているのでそちらを参照してほしいが、経緯を知らずとも、絶妙な人選であることは間違いない。

いま「彦六の正蔵」と書いたが、本書で起こった事件を解決した一年半後の一九八一年一月、この名探偵は「正蔵」の名跡を初代林家三平の遺族である海老名《えびな》家に返し、林家彦六と改名することになる。八代目正蔵を襲名する前、彼は五代目蝶花楼馬楽《ちょうかろうばらく》と名乗っていた。「馬楽」は四代目柳家小さんの前名であり、四代目没後は彼が「五代目小さん」を襲名するのが自然な流れだったが、実際に五代目を継いだのは弟子の九代目柳家《やなぎや》小三《こさん》治《じ》。そこで馬楽が別の大名跡「八代目正蔵」を襲名して事を丸く収めたのだが、その際、正蔵は七代目の遺族に「名跡は将来、七代目の長男（林家三平）に返す」と約束したのだという。だが三平が一九八〇年九月に五十四歳の若さで亡くなったため、正蔵は名跡を海老名家に返したのである。

彦六が亡くなったのは、それから一年後の一九八二年一月。歳月を経て、二〇〇五年に三平の長男が「九代目正蔵」を襲名し、大々的に「お練《ね》り」を行なったのは記憶に新しい。

八代目正蔵は落語の知識が豊富な理論家だった、と言われる。芸風は骨太で端正。古今亭志ん朝は、噺のきっちりとした骨格を教わるために、天衣無縫な芸風で知られる父の志ん生ではなく、正蔵に稽古をつけてもらったという。「正蔵師匠には『落語学』というものを教わった」と志ん朝は語っている。

「きっちりしている」と言っても、磨き上げた演目を一言一句変えずに演じ続けた八代目桂文楽とは異なり、正蔵は一つの演目をいろんな演り方でフレキシブルに演じることができた。それは彼に、それぞれの噺の「本質」を見抜く力の確かさがあったからだろう。三遊亭圓朝門下の古老、三遊亭一朝《いっちょう》（自称「三遊」一朝）から圓朝物を多く受け継いだ「伝統の中に生きる演者」でありながら、立川談志によれば「現代の落語家であろうとする気概を持った人」だったともいう。そうした「生身の正蔵」像は、本書のシリーズで躍動する「名探偵」正蔵の姿と符合する。

ところで正蔵が本作における一連の「謎」を解いたのは一九七九年八月だが、その翌月に当たる一九七九年九月三日、正蔵より五歳下の「昭和の大名人」六代目三遊亭圓生《えんしょう》が亡くなっている。圓生は自分が辞した後の落語協会会長職を継いだ五代目小さんと真打昇進基準について対立して一九七八年六月に協会を脱退、一門を率いて「落語三遊協会」を設立した。その一年後の大往生である。

圓生と正蔵は反目し合っていたと言われるが、実は認め合っていたという説もあり、実際の心情は他人にはわからない。それはさておき圓生と正蔵には『文七元結《ぶんしちもっとい》』や『鰍沢《かじかざわ》』など、共通する得意ネタが幾つもある。『火事息子』もその一つだ。

本作の第一話では正蔵の『火事息子』の高座の描写がある。その中で、勘当したせがれに会うわけにはいかないという旦那に対し、番頭が「赤の他人だからお礼を言うのは差支えないはず」と進言し、旦那が「ありがとう、よく言ってくれた」と喜ぶ場面があって、主人公の三光亭鏡治はここが「最も好きな場面」と言っている。実はこのやり取り、圓生は異なっていて、「他人様に礼を言うのは道理」と言う番頭に主人は「そうですか、お前さんは偉い、利口だ。そうして歳を取ったものをへこませりゃ面白いだろう」と皮肉を言ってから「わかりました、じゃあ一言だけ」と息子に会いに行く。僕は圓生の『火事息子』を先に聴いていて、頑固親父の揺れる心情をリアルに描いていると感じたが、後に正蔵の「素直に感謝する父」の演出を知り、こちらのほうがずっと好ましく思えた。正蔵の素直な性格がこういうところに表われているのではないだろうか。

　第二話では鏡治が怪談噺『もう半分』を高座に掛ける。この噺についても作者が過不足なく説明しているのでそれ以上の解説は不要だが、芸談好きの山桜亭馬八が語る「昔の『もう半分』の演出」について付け加えると、現役の落語家で五街道雲助《ごかいどうくもすけ》は「居酒屋夫婦が悪人で、亭主が老人を刺し殺す」という古い型で演っている。さらに蛇足だが、三遊亭白鳥《はくちょう》はこの雲助型の『もう半分』を基盤としながら、そこに「夢の国の住人」を登場させて感動のエンディングを迎える『メルヘンもう半分』という噺を創作した。

　ちなみに「山桜亭馬八」とは「神田紅梅亭シリーズ」で探偵役を務める山桜亭馬春師匠の若き日の姿である。このシリーズでは、第二弾『黄金餅殺人事件』での立川談志のように実在の噺家がチラッと登場することもあるが、本作で登場する噺家は正蔵以外すべて架空の人物。ただし、色物で一組、実在の演者が出てくる。太神楽曲芸の鏡味仙三郎・仙之助だ。仙之助は二〇〇一年に亡くなっているが、仙三郎は現役の太神楽曲芸協会会長。「寄席の中村吉右衛門《きちえもん》」として親しまれている。

最後にもうひとつ。本作の第二話では鏡治が自身の『芝浜』での演出に言及している。僕は、名作落語の「演者による演出の違い」について考察した拙著『噺は生きている』の中で歴代の演者の様々な『芝浜』を紹介したが、鏡治が語ったような『芝浜』にはお目に掛かったことがない。かつて「神田紅梅亭シリーズ」の第三作『うまや怪談』の作中で演じられた『野ざらし』の改作を、当代柳家小せんが二ツ目の「鈴々舎《れいれいしゃ》わか馬《ば》」時代に高座に掛け、『夜鷹《よたか》の野ざらし』という持ちネタとして定着させた例があった。この鏡治演出を取り入れた『芝浜』も、誰か高座に掛けてくれないだろうか。

（ひろせ・かずお　落語評論家）

本書は書き下ろし作品です

中公文庫

芝浜《しばはま》の天女《てんにょ》
――高座《こうざ》のホームズ

2020年7月25日　初版発行

著　者　愛《あい》川《かわ》　晶《あきら》

発行者　松田陽三

発行所　中央公論新社
〒100-8152　東京都千代田区大手町1-7-1
電話　販売 03-5299-1730　編集 03-5299-1890
URL http://www.chuko.co.jp/

ＤＴＰ　平面惑星
印　刷　三晃印刷
製　本　小泉製本

Published by CHUOKORON-SHINSHA, INC.
Printed in Japan　ISBN978-4-12-206903-9 C1193

中公文庫既刊より

各書目の下段の数字はＩＳＢＮコードです。978－4－12が省略してあります。

あ-79-2
高座のホームズ　昭和稲荷町らくご探偵　愛川　晶
昭和五〇年代、稲荷町の落語長屋。噺家連中が持ち込む謎の数々を解き明かすのは、八代目林家正蔵（のちの彦六）⁉　名人の推理が光る洒脱な落語ミステリー。
206558-1

あ-79-3
黄金餅《こがねもち》殺人事件　昭和稲荷町らくご探偵　愛川　晶
古典落語の名作「黄金餅」を彷彿とさせる怪事件が雪の東京で発生した！　落語界の大看板にして名探偵・八代目林家正蔵が謎に挑む痛快落語ミステリー第二弾！
206645-8

あ-79-5
高座のホームズみたび　昭和稲荷町らくご探偵　愛川　晶
「犬の目」を口演中の二つ目・佃家花蔵が酔客に左眼を殴打され、次いで花蔵の兄弟子・傳朝が暴漢に襲われる。八代目林家正蔵の推理は⁉〈解説〉西上心太
206775-2

あ-79-4
道具屋殺人事件　神田紅梅亭寄席物帳　愛川　晶
真打ちを目指し、日々修業に励む二つ目・寿笑亭福の助の周辺で次々と謎の怪事件が勃発！　〝落語ミステリ〟の異才が放つ珠玉の三編。〈解説〉宇田川拓也
206722-6

あ-79-6
芝浜謎噺　神田紅梅亭寄席物帳　愛川　晶
二つ目・寿笑亭福の助の元弟子が『芝浜』の稽古をつけてほしいと泣きついてきた。口演が難しい人情噺に拘るのには深い事情が。異色の落語ミステリ三篇。
206808-7

さ-64-1
江戸前の釣り　三遊亭金馬
釣りは人生に似ている。古今亭志ん生、桂文楽らと落語の一時代を築いた生粋の江戸っ子名人が、釣ってから食べるまでの「醍醐味」を語り尽くした名随筆。
205792-0

た-56-1
新釈落語咄　立川談志
古典落語の真髄を現代訳した〝家元〟談志の落語論。「粗忽長屋」から「妾馬」まで珠玉の二十篇に新たに光が当てられ、いま蘇る。〈解説〉爆笑問題・太田　光
203419-8